W0332865

rororo

Stewart O'Nan wurde 1961 in Pittsburgh geboren und wuchs in Boston auf. Er arbeitete als Flugzeugingenieur und studierte an der Cornell University Literaturwissenschaft. Heute lebt er mit seiner Frau in Pittsburgh. Für seinen Erstlingsroman «Engel im Schnee» erhielt er 1993 den William-Faulkner-Preis.

«Mitreißend geschrieben und hochdramatisch erzählt.» (Abendzeitung)

«O'Nan hat nie etwas dagegen, wenn seine Geschichten schnell sind und einfach nur Spaß machen.» (taz)

«Ein spannender Roman! ‹Ein guter Tag zum Sterben› zeigt, dass Stewart O'Nan ein brennendes Interesse an der Erzählbarkeit des Krieges hat.» (FAZ)

«Manchmal schreibt dieser Schriftsteller schneller als sein Schatten – dann nennt er sich James Coltrane.» (Die Woche)

Stewart O'Nan

schreibt als

James Coltrane

Ein guter Tag zum Sterben

Roman

Aus dem Englischen
von Peter Torberg

Rowohlt Taschenbuch Verlag

Die Originalausgabe erschien 1999 unter dem Titel
«A Good Day To Die» bei W. W. Norton & Co., New York.
Die deutsche Erstausgabe erschien 2000 unter dem Titel
«Ortegas Finale», geschrieben unter dem Pseudonym James Coltrane
im DuMont Buchverlag, Köln.

Neuausgabe Dezember 2013
Veröffentlicht im Rowohlt Taschenbuch Verlag,
Reinbek bei Hamburg, März 2002
Copyright © 2000 by DuMont Buchverlag, Köln
«A Good Day To Die» Copyright © 1999 by James Coltrane
Umschlaggestaltung any.way, Walter Hellmann
(Abbildung: tunart/iStockphoto.com)
Satz Aldus PostScript (PageOne) bei Dörlemann Satz GmbH, Lemförde
Druck und Bindung Druckerei C. H. Beck, Nördlingen
Printed in Germany
ISBN 978 3 499 23200 8

Nur der Gefangene kann den Wärter befreien.
José Marti

Erstick an den Knochen deines Vaters.
Kubanische Beschimpfung

1

Er kniete sich hinter das zerschlagene Fensterbrett, den alten Mann an seiner Seite. Hoch oben schnurrte langsam eine viermotorige Tupolev über den Hafen. Das Hotel war alt, noch vor der ersten Revolution für Touristen erbaut. Eine Rakete hatte ein gut Teil des Dachs fortgerissen; der Gang hinter ihnen führte ins Leere, auf einen kuriosen, steilen Längsschnitt durch Zimmer; die Möbel standen noch an ihrem Platz, die Bilderrahmen hingen schief. Jenseits des Boulevards lagen dunkel die Dächer ausgebrannter Wohnhäuser; unten flitzten uralte Chevys und ein paar russische Zweitürer zwischen toten Ampeln daher. Ganz am Ende des Boulevards sah er das weiße Hochhaus mit dem Wald von Antennen, grau im schwindenden Sommerlicht.

«Das da ist die Radiostation?», fragte Jorge Ortega.

«Das hohe», sagte der alte Felipe.

«Daran erinnere ich mich gar nicht.»

«Ist auch neu. Die alte ist weiter hinten, unterhalb vom Baseballstadion.»

Jorge breitete den Azetatstadtplan auf dem Teppich aus. Er war vor zehn Jahren nach einem Aufklärungsflug gezeichnet worden und ziemlich ungenau. Santa Rosa war eine Kleinstadt, unbedeutend, am anderen Ende der

Insel gelegen; deswegen hatte die Firma sie – und ihn – wohl ausgesucht, nahm Jorge an.

Der alte Mann sah ihm über die Schulter und murmelte vor sich hin. Er war groß, aber stämmig. Er trug eine marineblaue Detroit-Tigers-Windjacke, ausgebeulte Jeans und abgewetzte Arbeitsschuhe. Man sah ihm an, dass er einmal Säufer gewesen war, es aber überwunden hatte. Er atmete pfeifend, von der Kletterei die Feuerleiter hinauf und von seinen Zigarillos. Jorge erinnerte er an den Professor in El Salvador – die gleiche leicht gebeugte Haltung, die gleiche beiläufige Pflichterfüllung. Armer Kerl, der Professor. Jorge wollte nicht an El Salvador denken, vor allem nicht jetzt. Es war erst ein Jahr her, aber ihm kam es so vor, als wäre es in einem anderen Leben gewesen. Damals, als er noch an etwas glaubte. An was? Und warum? Es gab keinen Grund.

Er kappte den Gedanken und konzentrierte sich auf die Station, überließ seiner kostspieligen Ausbildung in Langley die Regie. Ziel, Strategie, Taktik. Zerlege es, setze es zusammen. Zuerst mussten sie einen Zugang finden.

«Von hier aus sieht man den Eingang nicht.»

«Hinter den Bäumen dort», sagte der Alte. «Über den Türen hängt eine Markise, gegenüber liegt ein Park.» Er sprach gewunden, einen entlegenen Bauerndialekt, und Jorge musste innehalten, um die Sätze zu verstehen.

«Ich erinnere mich.»

«Auf der anderen Seite gibt es einen zweiten Eingang und auf der Rückseite einen Lastenaufzug, den wir für den Rückzug nehmen können.»

An den Rückzug zu denken war voreilig, aber selbst

Jorge fing schon an, sich den Aufzug vorzustellen. Ein Fehler. Ein Schritt nach dem anderen.

«Können wir heute Abend noch mal herkommen und uns das genauer anschauen?»

«So gut wie geschehen.»

«Die Wachen schlafen nicht in dem Gebäude?»

«Sie sind im Arsenal stationiert, unter Leutnant Clemente.» Der Alte zeigte hin, sorgsam darauf bedacht, nicht zu nahe ans Fenster zu kommen. Gerüchten zufolge hatte die Regierung überall in der Stadt Heckenschützen postiert.

Jorge nahm sein Nachtsichtgerät aus dem mattierten Stahlgehäuse und schaltete es ein. Es summte wie ein Blitzlicht, und die Umrisse der Gebäude schimmerten strahlend grün. Castro war seit fast einem Jahr tot, und an allen Fassaden hingen zerschlissene schwarze Fahnen, selbst an den halbierten und zerstörten. Die Meeresbrise versetzte die Stoffbahnen in trügerische Bewegungen, die zu ignorieren Jorge sich nicht leisten konnte. Er stellte das Gerät am geriffelten Knopf scharf, bis er durch die Bäume Bruchstücke von Buchstaben auf der Markise erkennen konnte. Er meinte, eine Stiefelspitze, das gestreifte Bein einer Uniformhose zu sehen. Dann richtete er das Fernglas auf die Straßenseite gegenüber; die Welt verschwamm und wurde wieder scharf. Vor dem Arsenal standen Straßenteiler aus Beton, wie vor dem Weißen Haus.

«Im Wachhäuschen ist niemand.»

«Sie sind da», versicherte ihm Felipe. «Clemente hält sie bedeckt.»

«Du hörst dich an, als hättest du Angst vor ihm, *hombre.*»

«Mach dich nicht lustig über mich. Ich habe die anderen gesehen, und ich habe Clemente gesehen.»

Jorge verfolgte einen grauen Saracen-Panzerwagen, dessen Geschützturm sich drehte, den Boulevard entlang. Auf dem Gehsteig hielt sich eine Frau ihre Handtasche vors Gesicht und rannte in einen Hauseingang. «Wie viele schlafen im Arsenal?»

«Sechzehn, ohne den Unteroffizier. Der geht nachts nach Hause zu seiner Frau.»

«Und in der Flughafenkaserne?»

«Hundertfünfundzwanzig Mann, die Hälfte davon Berufssoldaten.»

«Wie viele sind wir?»

«Über hundert, aber in kleinen Gruppen, und unsere Waffen sind Schrott. Wie viele Männer brauchst du?»

«Das sage ich dir, wenn ich mir die Station genauer angesehen habe. Um das Reinkommen mache ich mir keine Sorgen, eher ums Rauskommen.»

«Glaubst du wirklich, dass es dazu kommt?»

Jorge Ortega suchte die Straße ab, dann wieder das Arsenal. Am Rand der Stadt erhoben sich die Flutlichter des Baseballstadions wie riesige Fliegenpatschen. In der Ferne startete eine uralte MiG donnernd vom Rollfeld. «Nein», sagte er, «aber schön wäre es.»

Stetig stiegen sie den Berg hinauf, der alte Felipe mit seinem Gehstock vorneweg. Palmzweige und die wächsernen Wedel der Bananenpflanzen nickten, doch sie beide erreichte kein Lüftchen. Der Dschungel fühlte sich genauso an wie in El Salvador – die Luftfeuchtigkeit, der faulige Gestank –, und Jorge gefiel das nicht. Aber er hielt es aus, solange er nicht Catalina vor Augen hatte. Solange er sich nicht erinnerte.

Er konnte keinen Pfad erkennen. Die Träger seines Rucksacks schnitten ihm in die Schultern; es galt die Regel, dass diejenigen, die aus der Stadt kamen, so viel mitbrachten, wie sie nur konnten. Felipe schleppte in seinem Rucksack neben Jorges Ausrüstung noch Weizen- und Maismehl und ein paar Dutzend Schachteln Munition mit. Jorge hatte das PRC-60-Funkgerät in seinem Rucksack; der Plastiksprengstoff steckte in einem ausgehöhlten Satz Batterien.

Sie stießen auf ein Rinnsal von Bach, und der Alte setzte seine Stiefel platschend zwischen die bemoosten Steine und führte ihn das Bachbett hinauf. Die Bergwand wurde immer steiler, bis der Bach schließlich am Fuße einer senkrechten Felswand aufhörte, wo das Wasser auf schwarzes Gestein stürzte und ihnen ins Gesicht spritzte. Felipe atmete japsend, aber sein Gesicht war noch das alte, überhaupt nicht rot, und er schwitzte auch nicht wie Jorge. Er setzte seinen Rucksack auf einem Felsen ab, legte die gewölbten Hände zusammen und trank.

«Warte hier», sagte er. «Ich gebe ihnen das Zeichen.»

«Wie weit ist es noch?», fragte Jorge. Die Vorstellung, schutzlos mitten im Dschungel zu hocken, gefiel ihm nicht. Das hatte er schon allzu oft getan, in Guatemala, Kolumbien, Nicaragua. Nach den Marines hatte er sich bei der Firma beworben, in der Hoffnung, genau hier zu landen, hatte Castros schwindende Gesundheit im Auge behalten wie ein Dieb, der ein Haus beobachtet. Doch Castro hielt durch, und mit jedem neuen Einsatz nahm der Job eine Gleichförmigkeit an, die Jorge hasste, und sei es nur, weil sie seine eigentlichen Ambitionen abstumpfen ließ. Selbst die Gefahr motivierte ihn nicht länger, sondern bewies nur, dass seine Vorgesetzten das Risiko für ihn unterschätzt hatten und es ihm überließen, ihre Papierfehler mit Blut zu korrigieren. Erst vor ein paar Minuten waren sie an den dampfenden Haufen einer Kavallerieeinheit vorbeigekommen. Die Fidelistas zogen Bauern ein, die die Berge von Kindheit an kannten; das erfüllte Jorge nicht gerade mit Zuversicht.

«Nicht mehr weit», sagte Felipe. «Ruh dich aus. Ich werd dich nicht verraten.»

«Ich weiß, *tío*.» Onkel.

Er sah den alten Mann im Unterholz und im Lianengewirr verschwinden. Wenn er ganz ehrlich war, traute er Felipe nicht, denn noch bevor er Miami verließ, um in den Krieg zu ziehen – sogar schon vor Catalina und dem Professor –, hatte Jorge Ortega gelernt, niemandem zu trauen. Sein Vater, ein guter Bulle, hatte ihm das beigebracht. Seine Mutter war früh verschwunden, und als sein Vater sicher war, dass aus Jorge ein Mann geworden war, der diese Lektion niemals vergessen würde, schloss er die Kellertür hinter sich ab, ging die Treppe hinunter, setzte sich vor *The Game of the Week* in seinen Fernsehsessel, schob sich den Lauf seines Dienstrevolvers in den Mund und pustete sich den Hinterkopf auf die gestreifte Tapete. Allein zu sein machte Jorge nichts aus; was ihm Sorgen bereitete, war die Vorstellung, dass Versprechen womöglich sogar gehalten würden.

Das Versprechen, die Station zu besetzen, hatte nicht er selbst gegeben. Forbes hatte ihm die Aufgabe übertragen, weil er wusste, dass Jorges Familie aus Santa Rosa stammte, dass er hier einen sentimentalen Winter unter dem Deckmantel eines Baseballscouts der Minor League verbracht hatte und über die notwendigen Funkerfahrungen verfügte. Er war auf dem College DJ gewesen, und das hatte für Forbes den Ausschlag gegeben. Sie hatten sich allein in einem Hotelzimmer über West Palm Beach getroffen, und in der Ferne hatten sich die Wellen weiß gebrochen. Forbes war in Straßenklamotten aufgetaucht und hatte nach Eau de Cologne gerochen. Im Corps war er nur Major gewesen, doch seit Peñas Hubschrauber abgeschossen worden war, war er der beste General der Rebellen.

«Die Station einzunehmen heißt gar nichts», hatte Forbes gesagt, mit einer ausladenden Handbewegung über das ganze Tal. Er hatte nur noch drei Finger, und sein Daumen war nur ein Knubbel, flach wie ein Radiergummi. Seit Korea war er an allem beteiligt gewesen. «Die Station zu besetzen und nach der ersten Angriffswelle die neuesten, genauesten Informationen zu senden, ist gerade mal plus minus null. Das ist das Mindeste, was wir erwarten.»

«Jawohl, Sir», hatte Jorge gesagt, weil er nicht recht wusste, was er sonst hätte tun können.

«Alles Neue, lückenlos, davon reden wir. Schnell und akkurat. Ich brauche fünfzehn Minuten sauberer Übertragung.» Er sah Jorge in die Augen. «Wie viele Minuten brauche ich?»

«Fünfzehn.»

«Falsch. Verschaffen Sie mir fünfundvierzig, dann kriege ich vielleicht fünfzehn Minuten. Okay», sagte er und klopfte auf die Landkarte. «Sie müssen ein paar *guardia* überwinden, aber das sind alles andere als Frontkämpfer. Ihr Kontaktmann steht mit den einheimischen Kräften in Verbindung – in den Bergen wimmelt es geradezu von ihnen. Der Geheimdienst hat keinerlei Informationen über sie, also setzen Sie so wenige wie möglich davon ein. Ich will, dass die Sache klein bleibt. Dass sie sauber bleibt. Meine richtigen Leute müssen in den ersten fünfzehn Minuten wissen, was los ist, sonst halte ich mich da raus, so einfach ist das. Kriegen wir den Hafen, dann sind wir dabei – und ziehen alles zusammen. Wenn wir nicht landen können, dann gibt es ziemlich wahrscheinlich ein Gemetzel, und jedermann wird ‹Schweinebucht› sagen, und das wär's dann, verstehen Sie mich?»

«Jawohl, Sir.»

«*Sie* sorgen dafür, dass es nicht dazu kommt – *Sie*, nicht Ihre Leute. Sie haben keine Leute, Sie haben gar nichts. Man sagt, Sie mögen das so, stimmt das?»

«Jawohl, Sir.»

«Ich auch. *Semper fidelis* hilft auch nicht immer weiter.» Dann stand er auf und reichte Jorge die Hand; der fehlenden Finger wegen fühlte sie sich steif an, wie die einer Schaufensterpuppe. «Tun Sie das für mich oder für Ihr Land?»

«Für mein Land», entgegnete Jorge.

«Und welches wäre das?», fragte der General. «Passen Sie auf, was Sie jetzt sagen.»

«Beide», hatte Jorge geantwortet; doch während er jetzt auf Felipe wartete, fragte er sich, ob er überhaupt zu einem davon gehörte. Er traute weder Felipe noch Forbes, und doch war er hier, ein Jahr nach Castro, dessen Staatsgrab immer noch mit Blumen überhäuft wurde, Tribut einer dankbaren Nation. Letztlich war es unausweichlich, hier zu sein. Schicksal. Grübelnd hob er einen Kieselstein auf und warf ihn in den Bach, dann noch einen.

Von unten kam ein hohes Wiehern. Jorge hielt inne und blickte in Richtung des Geräuschs, doch da war nichts als Grün. Für einen Augenblick stellte er sich vor, wie er den Alten tötete, wie sein Kampfmesser durch die Sehnen des faltigen Halses fuhr, das tote Gewicht in Jorges Armen. Er erinnerte sich daran, wie er den Professor von der Ladefläche eines Pick-up heruntergewuchtet hatte, an das Geräusch der entweichenden Gase, dann schüttelte er sich den Gedanken aus dem Kopf.

Jorge lauschte, und nach einer Minute hörte er leise, sichere Schritte – keine raschelnden Blätter, kein Schleifen und Klappern eines Gewehrgurts, nur das bedächtige Stapfen der Füße auf dem Boden. Er zog die Pistole und trat an die Felswand zurück. Die Schritte kamen von links, von dem Weg, den Felipe genommen hatte, aber da kam mehr als nur eine Person. Jorge kniete sich hin, stützte den Ellbogen aufs Knie und zielte mit der Waffe auf die Höhe, in der die Brust eines Mannes erscheinen würde. Die Schritte wurden nun lauter, weniger bedächtig. Der Abzug schnitt ihm in den Finger, und dann trat ein einzelner hellbrauner Arbeitsstiefel auf den Fels.

Es war Felipe. Hinter ihm kam ein zweiter Mann, der – lächerlicherweise – ebenfalls eine Detroit-Tigers-Windjacke trug und ein M-16 über den Rücken geschnallt hatte; seine Nase wirkte wie übers Gesicht geschmiert, und eine Narbe verschwand in seinem Bart. Die beiden lachten über die Pistole, aber Jorge legte einen Finger vor den Mund und nickte bergab.

In einer einzigen Bewegung nahm der Mann neben Felipe das M-16 von der Schulter und lag flach auf dem Boden. Der Lauf zielte auf Jorges Gesicht.

Hinter ihm zuckte Felipe hilflos mit den Schultern.

«Du bist El Tiante?», zischte der Mann.

«Der bin ich», flüsterte Jorge.

«Hast du den Beweis dafür?» Der Mann zog aus seiner Windjacke eine halbe Baseball-Sammelkarte, die rechte Hälfte von Luis Tiant – nur dass der große Pitcher zu Jorges Überraschung ein Cleveland Indian war und nicht der Red-Sox-Spieler auf Jorges Kartenhälfte. War das ein Bluff, eine Falle?

Jorge wühlte in seinen Jeans und reichte dem Mann die Karte.

Als dieser sein Gewehr senkte, um die Karte zu nehmen, riss ihm Jorge die Waffe aus der Hand und richtete sie auf ihn.

Der Mann beachtete das nicht, die Karten interessierten ihn mehr. Sie passten genau zusammen; der Tiant bei den Cleveland Indians schaute nach hinten, während sein Körper bei den Boston Red Sox sich zur Homeplate drehte. «Du bist es», sagte der Mann widerwillig.

«Hast du einen Ausweis für mich?», forderte Jorge.

Der Mann schleuderte ihm die Karten ins Gesicht, stand auf und ging davon.

Jorge riss den Bolzen nach hinten, doch die Waffe war leer. Der Mann verschwand auf dem Pfad. «*Culo*», fluchte Jorge.

Felipe bedeutete Jorge mit dem Kopf, er solle ihm folgen, und ging los. Jorge schulterte seinen Rucksack und beeilte sich, die beiden einzuholen. Der andere war weit vorausgeeilt, nur noch eine Silhouette, die sich durch den üppigen Dschungel bewegte.

«Wie heißt dein Freund?», fragte Jorge.

«Er ist nicht mein Freund. Das ist Aurelio, der Abschnittskommandant. Er hat Sorge, du nimmst ihm seine besten Männer weg und vergeudest sie bei diesem einen Einsatz. Er war nicht immer so ein Hasenfuß. Du bist nicht unser erster *americano,* hat dir der *generalissimo* das nicht erzählt?»

«Wie viele hat es schon gegeben?»

«Seit Fidel bist du der dritte.»

«Und sollte ich fragen, was mit ihnen geschehen ist?»

«Sie waren *blancos,* keine von unseren Leuten.»

«Ist das entscheidend?», fragte Jorge.

«Wer *du* bist, ist entscheidend. Forbes hat es mir erzählt. Ich kenne deinen Großvater. Er war mein *generalissimo,* als wir das erste Mal gegen die Fidelistas kämpften. Ich war bei Mariel dabei und hab für ihn die Gewehre geladen.»

«Du bist zu jung für Mariel.»

«Am Morgen war ich noch ein Junge, am Abend ein alter Mann.»

«Respekt, Don Felipe.»

«Er hat gesagt, du warst im Wüstenkrieg.»

«Der war nach einem Monat vorbei», sagte Jorge. «Wir mussten Pillen nehmen, für den Fall eines Gasangriffs. Nervengas. Der Feind hockte in Bunkern. Erst bombardierte unsere Luftwaffe sie mit Napalm, dann rollten die Pioniere alles platt, was übrig blieb, dann kamen wir hinter unserer Panzerung.»

«Also hast du gelernt, was Respekt ist.»

«Nein», sagte Jorge. «Ich habe gelernt, nicht hinzusehen.»

«Das ist Respekt, oder?»

«Kann sein. Und Aurelio, hat er Respekt gelernt?»

«Er hat gelernt, den *americanos* nicht zu trauen. Er verliert nicht gern Männer.»

«Wer tut das schon», sagte Jorge.

Der Alte blieb stehen, und Jorge musste ebenfalls stehen bleiben. Rings um sie herum war es im Dschungel still. Felipe sah ihm in die Augen. Ja, dachte Jorge, wie der Professor, wahrhaft gläubig. Wann hatte er selbst diesen Glauben verloren? Er glich einem Boxer, der den Kampf schon aufgegeben hat, aber noch die Glocke hört und linkisch in den Ring tapst, um seine Strafe zu kassieren.

«Manchmal ist es notwendig. Dein Großvater wusste das.» Wie um dem Nachdruck zu verleihen, starrte Felipe ihn weiter an, dann wandte er sich um, reckte seinen Stock vor und trottete den Berg hinauf.

Aurelio erwartete sie auf einer Lichtung, Felipes Rucksack zu Füßen. Er trank aus einer Feldflasche und hielt sie Felipe hin. «El Tiante», sagte er. «Ich nehme mein Gewehr zurück.»

Jorge nahm es ab. Am liebsten hätte er es ihm hingeschleudert, aber er wusste, er musste noch mit ihm arbeiten. Er reichte es ihm und achtete dabei sorgsam auf den Lauf.

Aurelio schob einen Ärmel der Windjacke hoch. Auf dem Arm flossen unter der Haut einige grüne Ziffern ineinander – eine Gefängnistätowierung aus dem *federale,* dem Staatsgefängnis. «Hier hast du deinen Ausweis. Warum bist du in meinen Abschnitt gekommen?»

«Eine kleine Operation, die nur mich was angeht.»

«Wenn sie in Santa Rosa abläuft, geht sie auch mich was an.»

«Ich habe nicht gesagt, dass sie in Santa Rosa abläuft.»

Felipe wischte sich den Mund mit dem Handrücken ab und reichte Jorge die Feldflasche. Aurelio sah den Alten an, sagte aber nichts.

Aurelio stand auf. «Wir sind nicht seit drei Jahren hier, um uns in den eigenen Brunnen zu pinkeln. Wir operieren jenseits der Berge, in den Hügeln rings um Arriaga. Du kannst nicht am selben Ort leben und operieren. Das mag ja was für Amerikaner sein, die nach Miami fliegen und in Mietshäusern wohnen können, aber nicht für uns. Wir leben hier. Ich muss sichergehen, dass wir auch dann noch eine Handlungsbasis haben, wenn du wieder weg bist.»

«Ich verstehe.» Jorge reichte die Feldflasche zurück, und Aurelio verschloss sie.

«Das glaube ich nicht, aber es ist nicht an mir, das zu sagen. Forbes sagt, wir werden dir helfen, also helfen wir dir.» Er patschte auf Felipes Rucksack. «Du bist ein Radio-Typ, oder? Du interessierst dich für die Station. Wahrscheinlich, um eine Landung zu koordinieren.»

Jorge spürte, dass er die Augen zu Schlitzen verengte und ein verächtliches Grinsen über seinen Mund huschte.

«Mein junger Tiante, eine Revolution besteht entweder nur aus Geheimnissen oder aus gar keinen. Gar keine ist manchmal besser.» Er schulterte den Rucksack des Alten. «Hier, ich zeige dir *unser* Geheimnis. Vielleicht erspart uns das beiden einigen Ärger.»

Er führte sie über eine kahle, moosfleckige Felsplatte in

eine staubige Wasserrinne. Hier war es still, Insekten schwebten ihnen vor den Gesichtern, Vögel segelten von Ast zu Ast. Von fern hörte Jorge das Brummen eines großen Propellerflugzeugs, einer neueren Tupolev, dem Ton nach. Die Firma flog Spookys – C47er mit elektrischen Minigewehren an den Mittelluken; ihre älteren Allisons summten höher, winselnder. Sie flogen außerdem ausgemusterte Cobras und Hueys, die vom Flugfeld der Anti-Drogenagentur DEA von Key Largo aus starteten, einer reinen Tarnoperation. Angeblich würde eine davon am Montag auftauchen, genau auf dem Spielfeld im Baseballstadion landen und ihn dort aufgabeln. Dass bis dahin nur drei Tage blieben, konnte Jorge sich nicht vorstellen. Merkwürdigerweise beunruhigte ihn das nicht.

Der Pfad endete an einer Wand aus Bougainvilleen. Aurelio schob die Zweige wie einen Vorhang beiseite und enthüllte ein gezacktes Loch. Sie mussten die Rucksäcke absetzen, um hineinschlüpfen zu können.

Aurelio hatte eine rotlinsige Taschenlampe dabei. In der Höhle war es kühl; der Boden bestand aus feinem Staub. Jorge duckte sich und legte Felipe eine Hand auf den Rücken.

«Vorsicht hier.» Aurelio leuchtete drei kleine Felsen an.

«Vermint», sagte Felipe.

Sie kamen um eine Ecke, und Aurelio blieb vor einer olivfarbenen Tarnplane stehen, die über zwei sarggroßen Kästen lag. Mit einer Hand zog er die Plane beiseite, und im Schein der Taschenlampe wurden zwei alte PRC-25 sichtbar, noch in ihren Holzkisten; die Holzwolle wirkte wie ein Nest. In der Ausbildung hatte Jorge Filme aus Vietnam darüber gesehen. Selbst ihre kürzeren Antennen gaben ein leichtes Ziel ab; der Moderator im Film pries ihre Strapazierbarkeit, nannte sie dann aber veraltet.

«Funktionieren sie?»

Aurelio hakte den Kopfhörer aus, legte einen Schalter um, und im Empfänger rauschte es. Aurelio schien zufrieden zu sein.

«Du solltest die Batterien abklemmen, wenn du sie nicht benutzt», sagte Jorge.

«Bei dem anderen ist sie abgeklemmt», sagte Aurelio. «Die hab ich nur deinetwegen angeschlossen.»

«Hast du die Langantennen?»

«Lang und kurz. Und schau dir das mal an.» Er richtete den Schein der Lampe zur Seite und wies auf ein paar russische Walkie-Talkies aus den späten achtziger Jahren. Jorge wusste, *dass* sie in ihrer Reichweite zu begrenzt waren, um ihnen wirklich von Nutzen zu sein, nahm aber eines in die Hand, um es zu bewundern.

«Wir haben zwei *guardia* getötet», sagte Aurelio.

«Glückwunsch.»

«Sie hielten einen unserer Laster auf der Straße zwischen Segovia und Maria del Rey an. Eine Ladung Mörser. Wir hatten zwei Mann hinten drin.»

«Hast du viele von Clementes Männern umgebracht?», fragte Jorge.

«O nein», sagte Felipe, «das waren keine von Clementes Leuten.»

«Nein», sagte Aurelio. «Wir haben es für das Klügste gehalten, ihn in Ruhe zu lassen.»

«Was ist mit dem Flugfeld?»

«Ohne Hilfe können wir da nicht viel machen.»

«Ihr könnt keine Granate auf das Flugfeld abfeuern?»

Keiner der beiden Männer antwortete, und Jorge hielt es für besser, nicht nachzubohren. Es fing ohnehin schon schlecht an. Auf den Alten konnte er sich ein wenig verlassen, aber der Kommandant stellte offenbar seine eigene Sicherheit über jeden noch so risikoarmen Einsatz. Im Corps hatten sie einen Namen für solche Offiziere – die wandelnden Toten. Aber vielleicht hatte der Mann ja Recht. Wenn Forbes sich nicht engagierte, dann wäre das alles nur Gewäsch, man würde jede Verantwortung ablehnen, die Ausrüstung vergraben, und Amerika hätte saubere Hände. Es gab jede Menge Gruppen in Miami, die als Aushängeschilder dienten und die Schuld auf sich nehmen würden, und die einzige Folge wäre ein Schwall öffentlicher Beachtung und ein warmer Spendenregen.

Aurelio deutete hoffnungsvoll auf die Funkgeräte. «Damit kannst du deine Leute vor der Küste erreichen.»

«Wir brauchen immer noch den Transmitter», erwiderte Jorge, obwohl es stimmte, was der Kommandeur sagte.

«*Ay*, du bist entschlossen, Clemente herzulocken.» Er sah die Funkgeräte düster an und warf dann die Plane wieder darüber. «Solange es nur Pferde sind, prima, aber wenn Clemente seine Hubschrauber schickt, sind wir hier am Ende, und wo sollen wir dann hin? Sag mir das mal, Tiante.»

«Du hörst dich an wie ein Bürokrat», sagte Felipe verächtlich. «Machst dir Sorgen um dein Haus.»

Die Vehemenz, mit der der Alte sprach, überraschte Jorge, doch Aurelio zuckte nur mit den Schultern.

«Es gibt auch noch andere Berge», sagte Jorge.

«Was weißt denn du schon von den Bergen?», erwiderte Aurelio, und seine Stimme erfüllte die Höhle. «Welches Recht hast du, ein Amerikaner, uns zu sagen, was wir machen sollen?»

«Es gibt andere, wenn du Angst hast.»

«Wir haben keine Angst», versicherte Felipe. «Wir hatten nur einen harten Sommer.»

«Es liegt nicht am Sommer», sagte Aurelio. «Es liegt am Krieg. Er dauert schon zu lang.»

«Ein Jahr», sagte der Alte, «der richtige Krieg. Noch nicht mal. Du bist einfach nur kein guter Verlierer. Wozu kämpfen, wenn du Angst vor dem Verlieren hast? Ich versteh das nicht. Du warst nicht immer so, mein Freund.»

«Wir verschwenden unsere Zeit», fuhr Jorge dazwischen, um ihre Philosophiererei zu unterbrechen. Sie sahen ihn beide seltsam an, und er bedauerte seine Worte. «Ich muss nach Einbruch der Dunkelheit wieder hinunter und mir die Lage genauer anschauen.»

«Er hat Recht», sagte Felipe. «Wir alle wissen, was wir zu tun haben.»

«Um das Was geht es nicht», sagte Aurelio, «sondern um das Wie, um das Wann und Wo und vor allem um das Warum.»

«Und um wen», sagte Felipe.

«Ja», sagte Aurelio, «aber danach frag mich später. Ich habe noch nicht entschieden, was wir machen.» Er drehte sich um, als sei dies sein abschließendes Wort, und nahm die Taschenlampe mit, sodass Jorge im Dunkeln nach dem glitschigen Nylon der Windjacke des Alten grabschen musste. Während sie durch die Dunkelheit tappten, stolperte er über Steine und sank im weichen Boden ein. Felipe atmete pfeifend. Es ist einfach lächerlich, dachte Jorge; hier war er nun in einem Land, das er liebte, das ihn aber niemals akzeptieren würde, und folgte einem alten Säufer und einem Feigling durch die Dunkelheit. Zum ersten Mal, seit er am frühen Morgen seinen Rucksack an Land gezerrt hatte, lachte er auf.

«Was ist denn so witzig», fragte Aurelio.

«Nichts», sagte Jorge. «Gar nichts.»

2

Nach einer weiteren Wasserpause verließen sie den Dschungel und stießen auf einen breiten Pfad, überschattet und in der Mitte schlammig; ein paar Hufspuren waren zu erkennen.

«Kavallerie?», fragte Jorge. Er beugte sich vor, um die Löcher in den Hufeisen zu zählen.

«Vielleicht unsere», sagte Aurelio. «Wie ein Pferd beschlagen ist, besagt noch nichts. Das gehört zu unseren Tricks.» Während er sprach, sah er den Pfad hinauf und hinunter, sichtlich bereit, in den Schutz des Dschungels zu schlüpfen; Jorge hielt es für besser, ihn nicht durch Nachbohren in Panik zu versetzen.

Sie folgten einem Wildwechsel, mit Felipe als Nachhut. Jorge ging zwar in der Mitte, aber Aurelio war einen guten Kopf kleiner als er, und ein Spinnennetz zerriss an Jorges Gesicht. Die Palmettozweige stachen ihn in die Hände.

Sie hielten erneut an, und Felipe schnitt ein Milky Way in drei Teile. Jorge schlang sein Stück herunter und merkte, dass Aurelio ihn anstarrte.

«Du hast nichts gegessen», stellte Aurelio fest. «Im Lager isst du mit uns zu Abend.»

Ein Stück weiter hörte man das Rauschen schäumender Gebirgsbäche. Sie folgten dem schmalen Grund einer Schlucht; die Farne schlugen ihnen gegen die Knie, bis sie an einen stillen Teich neben einer Felswand kamen. Das Wasser tröpfelte über einen Steindamm. Über ihnen erhoben sich stufenartige Felsvorsprünge, die ihnen abrupt die Sicht nahmen, sodass nicht zu erkennen war, ob jemand auf sie heruntersah. Die gesamte Felsformation wurde von dichtem Pflanzenwuchs überragt; das Licht darunter war dämmrig und grün, und es roch nach Pilzen. Ein perfekter Lagerplatz, aus der Luft nicht zu erkennen; und als sie den Teich durchwateten, sah Jorge auf einem der unteren Gesimse einen Mann im Tarnanzug sitzen, ein M-16 über den Knien. Er blickte von einer Bierdose auf, die er gerade mit seinem Bajonett durchbohrte. Er trug breite Koteletten, die in den Schnurrbart übergingen, wie Eric Clapton auf einem Foto aus den sechziger Jahren.

«*Hola*», sagte er. «Wen hast du denn da?»

«Felipe und einen Radio-Typen», sagte Aurelio und stieg auf den natürlichen Stufen aus dem Wasser. Über ihnen gähnte der Eingang einer Höhle; an einer Leine trocknete Wäsche im gedämpften Sonnenlicht. Der Duft von gebratenen Zwiebeln wehte herunter, und nun war Jorge wirklich hungrig.

«Radio-Typ. Kommt wegen der Station, was?» Der

Soldat schüttelte den Kopf und zeigte mit dem Bajonett auf Jorges Rucksack. Die Koteletten wirkten komisch, beinahe falsch, wie eine schlechte Tarnung für einen Billigrevoluzzer. «Plastik im Batteriekasten?»

Jorge antwortete nicht, und der Mann lachte und zwinkerte ihm zu. «Lass deinen Rucksack vor der Höhle, toter Mann. Drinnen brennt ein Feuer.»

«Für Plastiksprengstoff braucht man einen Zünder», sagte Aurelio.

«*Stupido*, eine Flamme reicht für Plastik. Der *americano* lässt den Rucksack draußen.»

«Rafael», sagte Felipe gekränkt, «das ist der Enkel des großen Ortega.»

«Des großen Ortega», wiederholte der Mann im Kampfanzug beeindruckt und stand auf, um Jorge die Hand zu geben. «Dann ist es was anderes. Dann darf er uns alle in die Luft jagen.»

«Ich lasse die Batterie draußen», erklärte Jorge.

«Tu's nicht», sagte Aurelio. «Er ist Zigeuner, er redet Unsinn.»

«*De nada*», sagte Jorge. Macht nichts. Er ließ seinen Rucksack zu Boden gleiten. Während er darin herumwühlte, sagte Aurelio, er wolle nach dem Essen sehen, und ging in die Höhle. Der Alte machte seinen Rucksack auf und wog die Schachteln mit der Munition in der Hand.

«Ah, toll», sagte Rafael und nahm sich eine. Der Alte nahm sie ihm wieder ab, und wieder zwinkerte Rafael Jorge zu. Er hackte mit dem Bajonett am Rand der Bierdose entlang, drehte dann den Deckel ab und schleuderte ihn in den Teich.

«Was machst du da?», fragte Jorge.

«Minen. Du nimmst eine Granate, ziehst den Sicherheitsstift und passt sie so in die Dose ein, dass der Auslöser runtergedrückt wird. Dann bindest du die Dose an einen Ast und eine Angelschnur um die Granate und spannst sie über den Pfad. Die Kavallerie kommt vorbei und bumm – gibt's Pferdefleisch statt dreimal am Tag Tortillas.»

«Ein Pferd zu töten ist unehrenhaft», sagte Felipe.

«Zuzuschauen, wie die Kommunisten dein Land erobern und deine Kinder versklaven, das ist unehrenhaft.»

Jorge zog eine Stange Marlboros aus seinem Rucksack. Sofort schnappte Rafael sie sich. Jorge riss sie ihm wieder aus der Hand, brach sie auf und warf ihm eine Schachtel zu.

«Danke, Ortega.» Rafael war nun seltsam förmlich, reumütig, aufrichtig dankbar.

Jorge bot Felipe eine Schachtel an, und mit einer Verneigung nahm der Alte sie entgegen.

Die beiden zündeten sich eine Zigarette an.

«Du rauchst nicht?», fragte Rafael.

«Schlecht für die Lunge», sagte Jorge.

«Gut für die Nerven», sagte Felipe.

«Unser letzter *americano* hat auch nicht geraucht», sagte Rafael. «Das muss was Amerikanisches sein. Eine Schande, bei so tollen Zigaretten.»

«Wie hieß der Letzte?», fragte Jorge.

«Ein komischer Name», sagte Rafael. «Ochs.»

«Oaks», verbesserte ihn Felipe. «Er war schwer, stark wie ein Bär.»

«Miguelito Oaks?»

«Ja», sagte Rafael. «Er nannte sich Michael.»

Jorge war dem Mann nie begegnet, aber sein Name war in der Firma wohl bekannt. Er war in Indonesien, im Libanon, in Costa Rica gewesen und lebend wieder herausgekommen. Es überraschte Jorge, dass sie jemand so Bekannten geschickt hatten. Oaks war einer von diesen Burschen, die anscheinend unsterblich sind.

«Und was ist mit ihm passiert?»

«Das Schlimmste, was einem passieren kann. Er ist gefangen genommen worden, erst vor ein paar Wochen –» Er hielt inne, und Jorge schaute in die Richtung, in die er blickte.

Über ihnen war Aurelio aus der Höhle getreten und schnüffelte. «Marlboros?»

Jorge winkte ihn zu sich.

«Das Essen ist fast fertig», sagte Aurelio.

Sie setzten sich alle auf den Sims über dem Teich und rauchten.

«Und», fragte Jorge, «was ist mit Oaks passiert?»

Rafael antwortete nicht.

«Er war blöd», sagte Aurelio. «Er ist mit Luz in die Stadt gegangen, um Aufklärung zu betreiben, und die Polizei hat ihn verhaftet, weil er ein *blanco* war. Sehr blöd. Uns hat er nicht vertraut, musste es selber machen.»

«Verfolgungswahn», sagte Felipe.

«Verständlich», sagte Jorge.

«Er hat sich in der Zelle erhängt», sagte Aurelio, «wenn man *La Figueroa* glauben will. Dein Land versucht, die Leiche zurückzuholen. Wir hoffen, das wird ein großer Skandal.»

«Und wenn mir so etwas zustößt?»

«Hoffentlich nicht.»

Von oben hörte man das Klappern von Töpfen und Pfannen.

«Geh und hilf den Frauen», sagte Aurelio zu Felipe, und der Alte ging die Stufen hinauf, gefolgt von Rafael mit seiner M-16. Jorge wollte ebenfalls aufstehen, aber Aurelio hielt ihn zurück. Er beugte sich zu ihm. «Im Augenblick traust du dem Alten und mir nicht», flüsterte er. «Das wird sich ändern.»

Warum, wollte Jorge fragen, sagte jedoch nichts, sondern schüttelte nur Aurelios Hand ab und ging die Stufen hinauf.

Ein schwarzhaariges Mädchen in bäuerlicher Kleidung kam gebückt aus dem Höhleneingang, zwei Blechteller in den Händen. Als sie sich wieder aufrichtete, sah Jorge die scharfgebrochene Nase, die waschbärenhaften blauen Ringe um ihre Augen. Ihr Mund und ihre Augen waren groß, so auffällig und fesselnd wie bei einem Model. Sie muss schön gewesen sein, dachte Jorge, und dann lächelte sie und entblößte ihre Zahnlücken – rechts oben stand ein einzelner Schneidezahn, vorn klaffte eine doppelte Lücke wie bei einem Hockeyspieler. Auf der Ladefläche des Pickup war Catalinas Gesicht ganz verschwollen gewesen, ihr Unterkiefer merkwürdig verschoben; Jorge wusste, er sollte nicht hinschauen, konnte jedoch nicht anders. Das war nicht sein Werk, oder?

«*Hola*, Kamerad», sagte das Mädchen, und Jorge erwiderte «*Salud*», wobei er sorgsam darauf achtete, sie weder anzustarren noch wegzuschauen. Sie stellte den unterteilten Blechteller vor ihm ab, und er sah auf ihrem Arm die gleiche Tätowierung wie bei Aurelio, die grünen Zahlen unter der Haut, nur dass ihre von der Zeit noch nicht verwischt waren, sondern scharf und frisch. Selbst mit Zähnen und einer gerichteten Nase wäre sie nicht annähernd so schön wie Catalina, würde nur der Erinnerung an sie schaden, käme an unwichtiger zweiter Stelle.

Das Abendessen bestand aus Tortillas, Bohnen und Reis, mit einer scharfen *salsa* darüber. Das Mädchen legte die Knöchel übereinander, setzte sich mit dem zweiten Teller neben Jorge und machte sich mit der Gabel über ihr Essen her. Sie erwischte ihn dabei, wie er sie anstarrte, und als sie ihn wieder anlächelte, fand er, er habe sich geirrt: Sie war einmal hinreißend gewesen. Wie leicht man doch jemanden zerschlagen, ihm alles nehmen konnte. Sein Vater hatte nur die andere Seite dieser Gleichung gekannt; Jorges Mutter hatte ihn leer zurückgelassen, und die Tage waren in einem Nebel aus Arbeit, Fertiggerichten und Baseballspielen im Radio vorübergezogen.

«Du meinst, ich brauche ein Gebiss?», fragte das Mädchen. «Dann schau mal, wie ich esse.»

«Ich wollte nicht glotzen.»

«Ist schon gut, ich tu's ja selbst. Luz hat einen Spiegel. Manchmal hole ich ihn hervor und schau mir an, was sie angerichtet haben. Dann fühle ich mich besser, wenn ich sie töte.» Jorge fiel auf, dass sie zu sprechen versuchte, ohne die Lippen zu bewegen; nur wenn sie lächelte, entblößte sie die schwarzen Lücken. Er fragte sich, ob er nur aus Mitleid auf den Gedanken kam, diese Frau zu lieben, die er gerade erst kennen gelernt hatte. Seit Catalina hatte er nicht mehr so an eine Frau gedacht. Vielleicht gab es für ihn sonst nichts mehr als Mitleid, den Reflex, die Unschuldigen, die Hilflosen zu verteidigen. Das war keine Liebe. Er wusste nicht, was es war, doch wie all seine anderen Unfähigkeiten – zu vergessen, zu vergeben – nagte es an ihm.

Er versuchte, langsam zu essen, aber seit seiner Landung hatte er außer dem Stück von Felipes Milky Way nichts zu sich genommen. Er hatte gute zwei Stunden in dem Schlauchboot gehockt und gegen die Wellen angekämpft, und er musste schlafen. Eine Flasche Rum kreiste in der Runde. Er wollte sie weiterreichen, aber man erwartete von ihm, dass er trank, also nahm er einen heißen, kräftigen Schluck und gab sie weiter.

«Ich habe gelogen», sagte das Mädchen, und im ersten Ansturm des Rums fand Jorge sie bemerkenswert – ja, eine Frau, die ihm auf der Straße, in einem überfüllten Bus auffallen würde. «Was das Töten angeht. Ich fühle mich nicht gut dabei. Erst fühlt es sich gut an, dann lässt es nach, und dann bleibt da etwas anderes in dir. Weißt du, was ich meine?»

«Ja», sagte Jorge und war für einen kurzen Augenblick wieder in El Salvador – die Starkstromkabel über dem Tal, Catalina auf ihrem *burro*. Ihm gegenüber im Kreis saß Rafael und beobachtete ihn grinsend. Jorge wischte mit seiner Tortilla den letzten Tropfen Soße auf.

«Ich heiße Gloria», sagte sie und wartete darauf, dass Jorge sich ebenfalls vorstellte. Es war eine förmliche Situation, als mache er ihr den Hof, und er hatte den Eindruck, die anderen beobachteten sie.

«Aurelio sagt, du bist wegen der Station hier.»

«Das war mal ein Geheimnis.»

Aurelio lachte. «Hüte dich vor einem Mann, der an Geheimnisse glaubt!»

«Gloria», sagte Rafael, «erzähl ihm, wie du unter Señor Donaldson deine Zähne verloren hast.»

«War das der Erste?», fragte Jorge.

«Ja», erwiderte Gloria. «Tomaso haben wir ihn genannt. *Pobre* Tomaso. Er war nicht so ein Dummkopf wie Señor Oaks. Er hat mir das Leben gerettet.»

Felipe pflichtete ihr bei. «Gut möglich.»

«Still, *tío*», sagte Gloria. «Das ist meine Geschichte.»

Die Rumflasche wurde wieder herumgereicht, während sie erzählte. Die beiden hatten in einem Jeep gesessen, der eines Nachts den Berg hinaufkam, und als sie um eine Kurve kamen, waren sie auf eine Kavalleriepatrouille gestoßen. Donaldson hatte gar nicht erst gebremst. «Wenn er nur eine Sekunde gezögert hätte», sagte Gloria, «wären wir tot gewesen.» Die Kommunisten eröffneten das Feuer, die Gewehre blitzten in der Dunkelheit, und die Pferde gaben den Weg frei. Der Jeep raste die schmale Straße entlang, Zweige zerrten an Glorias Haaren. Sie hörte Gewehrfeuer und Pferdegetrappel hinter ihnen. «Und dann», sagte sie, «waren wir von der Straße runter und vorm Baum. Bäng – einfach so. Die Windschutzscheibe» – sie bildete mit ihrer Hand eine Wand und knallte sie sich gegen die Stirn – «trifft mich so, aber ich bin noch bei Bewusstsein. Señor Donaldson liegt wie bewusstlos zwischen den Sitzen, aber ich kann sehen, er ist getroffen, es fehlen Stücke von seinem Kopf. Ich höre die Pferde näher kommen, und ich renne durch den Dschungel und halte mir die Hand vors Gesicht, um nicht zu schreien.»

«Jetzt kommt mein Teil der Geschichte», sagte Felipe. Gloria lehnte sich zurück, nahm die Rumflasche und überließ das Wort dem Alten. «Ich sehe sie als Erster. Ich habe keine Ahnung, was passiert ist, und sie kommt blutend an und hält sich die Hand vors Gesicht. Ich sage ihr, sie soll sich hinlegen, und sie streckt mir die Hand hin und hat was für mich. Weißt du was, Ortega?»

«Nein», sagte Jorge.

«Ihre blutverschmierten Zähne. Sie will, dass ich sie wieder heil mache.»

«Das kam vom Schock», sagte Gloria. «Aber ich möchte sie immer noch wiederhaben. Wenn wir gesiegt haben, lasse ich mir vielleicht ein Gebiss machen – mit großen, glänzenden Zähnen. Und wenn du mich dann ansiehst, wird dir das Herz flattern wie einem jungen Burschen.»

Sie sah Jorge wissend, spöttisch an, aber er wusste, das waren keine leeren Worte. Er hatte keine Ahnung, wie er darauf reagieren sollte. Die Etikette der Firma war eindeutig – Zigaretten mitbringen, die Frauen in Ruhe lassen, kein Geld annehmen –, aber niemand hielt sich daran. Er fragte sich, wie Donaldson es wohl gehalten hatte.

«Meins flattert jetzt schon», sagte Rafael.

«Natürlich», sagte Gloria. «Du bist ja auch ein junger Bursche.»

«Na gut, lasst uns aufräumen», sagte Aurelio zu ihr und verkorkte den Rum. «Unser Gast wird ja ganz verlegen.»

«Genau das ist meine Absicht.» Sie stellte Jorges Teller auf den ihren und folgte Aurelio in die Höhle, wobei sie Jorge über die Schulter ein Zahnlückenlächeln zuwarf.

«Sie ist witzig», sagte Jorge.

«Findest du?» Rafael zwinkerte ihm zu.

«Warum zwinkerst du andauernd?»

«Weil ich eifersüchtig bin. Ich will dich, aber du willst Gloria.» Er schürzte die Lippen wie ein Fisch und machte Kussgeräusche.

«Sie hat eine Menge eingebüßt», sagte Felipe. «Aber sie hat das Herz am rechten Fleck. Bei einem Kampf würde ich sie allen anderen vorziehen, außer Luz.»

«Selbst mir?», fragte Rafael und tat geknickt.

«Du bist Zigeuner, du kämpfst mit deinem Verstand und deinen Füßen. Eine Frau kämpft mit allem.» Felipe machte eine Faust und pochte sich an die Brust. «Ich würde Luz euch allen vorziehen, selbst Ortega, verzeih mir.»

Jorge nickte. «Wer ist Luz?»

«Sie hat dir das Essen gekocht. Sie ist Aurelios Frau.»

«Falsch», sagte Rafael. «Aurelio ist Luz' Mann.»

«Nicht mal mehr das», sagte Felipe. «Er hat Oaks in die Stadt gehen lassen, wo er's doch leicht selbst hätte machen können. Nach Donaldsons Tod ist er ängstlich geworden.»

Jorge dachte an das, was Aurelio über die Vertrauenswürdigkeit des Alten gesagt hatte. Einverstanden, Vertrauen war ein Luxus. Er würde sich aus ihren Angelegenheiten heraushalten, so war es einfacher. Das war das Problem in El Salvador gewesen – er hatte sie kennen gelernt, mit ihren Familien gegessen, hatte zugehört, wenn sie über ihre politischen Ansichten und ihren Glauben an die Kirche redeten. Das machte es schwer, sich abzuwenden, zu tun, was getan werden musste. Der Professor hatte ihn gewarnt, im Scherz zwar, aber er hatte Recht gehabt. Ach Professor, dachte Jorge, was würdest du jetzt tun?

«Du findest, Gloria sieht schlimm aus», sagte Rafael. «Aber warte, bis du Luz siehst. Und bei ihr ist das angeboren.»

«Sie ist nicht mit Schönheit gesegnet», pflichtete ihm Felipe bei, «aber sie ist der wahre *comandante* hier. Sie ist die Einzige, die übrig ist. Gloria ist zu eigenwillig, um zu führen, ich bin alt, der Zigeuner kämpft, wenn es ihm Spaß macht, und Aurelio hat keinen Mumm mehr.»

«Das können doch nicht alle sein», sagte Jorge.

«Zwei, drei noch, aber das sind Bauern, und es ist Erntezeit. Du bist der Dritte, der zu uns kommt. Früher waren wir mal fünfundzwanzig.»

«Ich brauche nicht mehr als zwölf.»

«Heute Abend sind wir sieben. Hector steht oben Wache, und César ist am Hauptpfad. Keine Sorge, El Marichal wird Männer bereitstellen.»

«Du wirst sie nicht dazu bringen, dir zu helfen», sagte Rafael. «Sie wissen von den ersten beiden.»

«Halt den Mund», sagte eine große Frau am Höhleneingang. Ihr schwarzes Haar wies weiße Strähnen auf; es reichte ihr bis zur Hüfte, und einen Augenblick lang ließ es sie jünger erscheinen. Sie trug einen Kampfanzug wie Rafael, mit einer Messerscheide am Gürtel und einer Pistole an der Hüfte. Sie hatte den Rum und einen Teller mit Essen in der Hand. Sie setzte sich neben Jorge. Rafael hatte nicht gelogen – sie war so hässlich und so alt wie Aurelio –, aber ihre königliche Haltung, ihre Besonnenheit wirkten nicht aufgesetzt. «El Marichal erinnert sich noch an das Umspannwerk. Er wird uns geben, was wir brauchen.»

Sie stellte sich vor und drückte Jorge dabei die Finger zusammen wie ein Lastwagenfahrer.

«Du, Zigeuner», sagte sie. «Wer steht unten Wache?»

Rafael sprang auf, eilte die Stufen hinab und schnippte die Glut seiner Zigarette in den Teich. Der Tag war der lang anhaltenden Dämmerung des Sommers gewichen, und der Dschungel schwirrte vor Insekten. Luz stocherte in ihrem Essen; ihre Hände waren lang, die Knöchel derb von der vielen Arbeit.

«Du kommst von Forbes?», fragte sie wie nebenbei, während sie von der tropfenden Tortilla abbiss. Ihr Blick zeigte Jorge, dass er nicht zu antworten brauchte, dass sie bereits Bescheid wusste. «Sie haben dir bestimmt erzählt, was mit den anderen passiert ist. Sie können den Mund nicht halten. Vergiss das nicht.» Sie wandte sich an Felipe. «Geh und hilf dem Mädchen, ich muss mit dem Tiante reden.»

Der Alte nickte und humpelte davon. Ohne seinen Rucksack wirkte er gebrechlich. Es gefiel Jorge zu sehen, wie gut er seine Kraft verbarg; das würde in der Stadt von Nutzen sein.

«Es heißt, du seist der Enkel von Ortega. Ist das wahr?»

«Ja.»

«Du wirst uns Glück bringen. An Männern wird es uns nicht fehlen.»

«Ich brauche nicht viele. Es muss ruhig ablaufen.»

«Dann sind wir uns ja einig.»

«Was ist mit Oaks geschehen? Ich habe immer gehört, er sei ein guter Mann.»

«Ich bin mir nicht sicher. Ich glaube, die *guardia* wusste, dass er kommen würde.»

«Dich haben sie nicht gefasst.»

«Es war gerade *fiesta*. Wir wurden getrennt. Ich sah ihn mit zwei Männern in weißen Anzügen ins Hotel gehen. Das war das letzte Mal, dass ich ihn gesehen habe.» Sie wischte den Teller mit der Tortilla sauber. «Ich war es nicht, und wenn es Aurelio gewesen wäre, wüsste ich es.»

«Daran habe ich nicht gedacht», sagte Jorge.

«Die anderen schon. Ich sehe, dass er nicht mehr der ist, der er mal war, aber er steht immer noch für die Sache. Er ist nur vorsichtig.»

«Das bin ich auch.»

«Zu Recht», sagte sie. «Aber vor etwas sollte ich dich noch warnen. Gloria. Ich weiß, du wirst alles tun, damit sie sich schön vorkommt, so macht man das in Amerika, aber verlange nicht ihr Herz.»

«Das hatte ich nicht vor», sagte Jorge.

«Ein Mann braucht nichts vorzuhaben, um alles zu verderben», erwiderte Luz. «Sie ist stärker, als du meinst. Sie hat viel Wut in sich. Sie wird dich für eine Weile brauchen und dann nicht mehr. So solltest du es auch halten.»

«Ich habe sie gerade erst kennen gelernt.»

«Aurelio hat mir erzählt, wie du sie angeschaut hast, mit dem Herz in den Augen. Er ist nicht blöd in solchen Dingen. Sie wird dich erobern, du wirst sie nehmen – die Einzelheiten interessieren mich nicht. Nur denk daran, ich brauche sie noch, wenn du wieder fort bist.»

«Ich denke bestimmt daran.»

«Aurelio sagt, du gehst heute Nacht in die Stadt.»

«Nur kurz», sagte Jorge. «Ich muss mir die Straßen rund um die Station ansehen. Ich muss rausfinden, wie ich hineinkomme.»

«Nimm den Alten mit. Im Dunkeln ist er besser als einer der Jungen.»

Luz schaute auf ihren Teller, als könne sie dort etwas lesen. Sie wandte sich Jorge zu, zögerte jedoch; unsicher, aber voller Hoffnung sah sie ihn an, fragend. «Du glaubst also, sie werden wirklich versuchen zu landen?»

«Darüber kann ich mir keine Gedanken machen. Mein Job –»

«Ja, ja, aber besteht die Chance denn wirklich? Ist das nicht nur ein Bluff, ein Trick, um etwas anderes zu kaschieren?»

«Ich weiß es nicht», antwortete Jorge, aufrichtig. Bisher hatte er sich die Frage noch nicht einmal gestellt.

3

Wegen eines Raketenangriffs auf das Umspannwerk fuhren die Straßenbahnen nicht, also mussten sie einen der uralten Busse in die Innenstadt nehmen. Die Schaufenster spiegelten schwarz. Nur ein paar Straßenlaternen brannten schwach und flackernd, von Notstrom gespeist.

Im Bus war es stickig. Aus Furcht, sich durch seinen Akzent zu verraten, versuchte Jorge, nicht zu sprechen. Felipe hatte ihm seine Windjacke gegeben, die streng nach irgendeinem Fitnessbalsam roch. Der Alte hatte sich ein kurzärmliges Hemd angezogen und sich das Haar zurückgeklatscht wie die Männer, die im Park gegenüber von Jorges Wohnung bis spät in die Nacht Schach spielten. Er tat so, als lese er *La Figueroa*, beugte sich mit zusammengekniffenen Augen vor, um die Baseballergebnisse zu lesen, und bewegte dazu die Lippen. Jetzt erinnerte er Jorge nicht an den Professor, sondern an seinen Vater, wenn er von der Arbeit gekommen war, sich in den Fernsehsessel sinken ließ und den Schaum von einer frischen Dose Budweiser schlürfte. Der gleiche müde Blick, die gleiche felsenfeste Ruhe, als ließe sich die Zeit daran hindern vorbeizuziehen. Alte Männer sahen alle irgendwann so aus, von einem gewissen Punkt der Erschöpfung an wurden sie einander ähnlich, zu Brüdern. Er selbst würde sich darum nicht sorgen müssen. Sie saßen in der Nähe der Mitteltüren hinter zwei Frauen, die sich über die Wasserknappheit und die steigenden Preise unterhielten. Die Straße nach Segovia war vermint; auf den Märkten gab es keine Milch, kein Palmöl. Der Bus war voll, die Leute standen dicht gedrängt.

«Freitagabend», erklärte Felipe, und Jorge dachte, dass er besser Acht geben müsse; er hatte keine Ahnung, was für ein Wochentag war, welches Datum, nichts. Heute Morgen hatte er bei dem vorgetäuschten Hochseeangelausflug Steak und Eier gegessen, hatte auf dem Angeldeck gestanden und das üppige, flüssige Eigelb aufgegabelt; dann war er ins Schlauchboot gesprungen, in künstlich gealterten, ausgebleichten Klamotten, als wäre ihm die Flucht misslungen, als drücke ihn die Strömung ironischerweise an die Küste zurück. Er hatte knapp zweiundsiebzig Stunden Zeit, um alles zu erledigen. Die Tatsache, dass er hier saß, gab ihm das Gefühl, er vergeude Zeit. Vor der Küste putzten Forbes' Truppen ihre Waffen, füllten die Magazine auf – wenn sie denn tatsächlich da waren. Und falls ja, konnten sie auf das Fingerschnippen einer politischen Entscheidung hin verschwinden: Eine Zeile, die aus einer Rede gestrichen, geleugnet wurde, und man wäre plötzlich wieder verwaist. Die Revolution würde dahinsiechen. Castro war tot, und Amerika war es egal.

Wenn sie jedoch siegen würden …

Es war zwar schon Nacht, aber mehrere Leute um sie herum trugen Sonnenbrillen, und Jorge hätte selbst gern eine gehabt. Draußen schlenderte die *guardia* paarweise durch die Straße, adrett gekleidet wie die Frischlinge in West Point, Gewehre über den Schultern. Sie funzelten Fußgänger mit ihren Taschenlampen an, salutierten vor Mädchen in Spaghettiträgern und Miniröcken, die sich für die Disko herausgeputzt hatten. Jorge dachte an Gloria, wie sie durch den Dschungel rannte und ihre blutigen Zähne festhielt. Das kam ihm nicht fair vor – und dann konnte er es nicht mehr verhindern, dass er wieder Catalina vor sich sah, zusammen mit den anderen auf der Ladefläche des Pick-up, ihre schmutzigen Füße, die gegen die heruntergelassene Heckklappe baumelten, der Professor, dem immer noch an einem Ohr die Brille hing, die ledernen Ellbogenflicken seiner Tweedjacke mit Draht hinter dem Rücken zusammengebunden. Jorge hätte nie geglaubt, dass es so weit kommen würde, und tagelang hatte er unter Schock in seinem Hotelzimmer gelegen und versucht, sich einzureden, er sei nicht daran schuld. Er musste einen zusammenhängenden Bericht verfassen und nach Langley faxen, und als er dann zurückkehrte, existierten sie nicht mehr, waren nie erschossen worden. Die abschließende Einsatzbesprechung war kurz und sauber verlaufen. Er war nie in El Salvador gewesen. Wozu auch? hieß es. Der Kampf war schon seit Jahren entschieden. Da gab es nichts mehr zu tun.

Hier, dort – es war das Gleiche, fand er nun, nur die politische Situation war eine andere. Aber einzig darauf kam es doch an, oder?

Ja, aber sie hatten auch ihr das Land genommen, gerade so wie Castro sein Land an sich gerissen hatte.

Er würde sich nicht mit einer Toten über die Vorzüge des Sozialismus streiten, nicht über die Leichen seines Großvaters und Vaters hinweg, auch sie gewiss Opfer, nur der ersten Revolution. Seit langem kam er nun schon ohne politische Einstellung aus, und sein fanatischer, in seinem Körper zirkulierender Wille, die Kommunisten vom gesamten Kontinent zu verjagen, war mit jedem Einsatz ein wenig mehr gebrochen, mit jedem nicht ganz sauberen Auftrag feiner zermahlen worden, hatte sich in den feinen, ironischen Brisen von Macht und Ohnmacht verflüchtigt. Doch dies hier war etwas anderes. Hier weigerte sich sein Herz zu kneifen. Kuba würde frei sein. Nur das stand für ihn fest, sonst nichts.

«Beim nächsten Halt müssen wir raus», sagte Felipe und bedeutete Jorge, er solle die Klingelschnur ziehen.

Der Bus kam holpernd zum Stehen, und sie kämpften sich durch das Dickicht von Leibern hinaus auf den kühlen Boulevard. Sie waren noch ein paar Straßen von der Station entfernt, aber die *guardia* war überall. Sie trugen neue Stiefel und chinesische AKs, ein schlechtes Zeichen. Jorge hatte keine Waffe mitgenommen, für den Fall, dass sie angehalten und abgetastet würden, aber nun fiel ihm Oaks ein, und er wünschte sich, er hätte seine Pistole dabei.

«Diego», sagte Felipe, und es dauerte eine Sekunde, bis Jorge darauf reagierte. Das war der Name auf den falschen Papieren, die die Firma für ihn ausgestellt hatte. Diego Vargas. So nahe an einem Allerweltsnamen, wie es nur ging.

«Was ist, *viejo*?», fragte Jorge.

«Nur mal so zur Probe.»

«Nicht nötig.»

Es war die pure Torheit, eine Operation im Herzen der Stadt. Als sie an den überfüllten Diskos und dem Markt mit seinen von Fackeln erhellten Pyramiden aus Orangen und Zitronen, seinen Körben voller Tintenfische und Paprikaschoten vorbeikamen, stellte er sich vor, wie schwierig ein Rückzug sein würde. Das Baseballstadion lag zu weit entfernt. An einem Montagmorgen wären die Straßen voller Lieferwagen, röchelnder Fiats, schalldämpferloser Roller. Würde Forbes sie vom Meer aus beschießen oder die F-111 schicken? Würden es Apaches sein oder die alten Cobras, und wie viele tote Zivilisten würden sie in Kauf nehmen?

In El Salvador hatte der Professor dies als zunächst moralische, dann erst politische Erwägung bezeichnet, und Jorge hatte ihn dafür respektiert. Doch die Bewegung musste verlieren (im Grunde hatte sie schon längst verloren, war nur noch Splitter der FMLN). Es hatte Augenblicke gegeben, in denen er mit dem Gedanken spielte, die Seiten zu wechseln, tatsächlich einer von ihnen zu werden, seinen Auftrag sausen zu lassen – zum Eingeborenen zu werden, wie man das in der Firma nannte –, aber am Ende hatte er getan, wozu er hingeschickt worden war, auch wenn er mittlerweile glaubte, dass jener Einsatz ihn ebenso getötet hatte wie Catalina. Erste Regel der Firma: Vergiss nie, auf welcher Seite du stehst.

Auf keiner.

Er hatte nicht die Zeit, so zu denken. Die Stadt bewirkte das – der modrige Geruch der stockenden Abwässer unter den Straßen, der Ziegelstaub, den der Raketenbeschuss aufgewirbelt hatte. Seltsam, dass Verfall stets eine süße Wehmut in ihm weckte. Kuweit, Managua, Ho-Chi-Minh-Stadt. Er hatte diese hässlichen Hauptstädte zu lieben gelernt. Das war ein Fehler des Herzens, das wusste er, aber als einer, der selbst verfallen war, kam er nicht dagegen an. Er fragte sich, ob wohl sein Vater vor dem Ende auch so gewesen war, ob ganz Miami für ihn so ausgesehen hatte, als fiele es rings um ihn zusammen, als vermodere es unter der Oberfläche.

Als sie unterhalb des enthaupteten Hotels um die Ecke bogen, stupste ihn Felipe in die Rippen und nickte in die Richtung. «Siehst du, wer in unserem Zimmer ist? Nicht hinschauen.»

«Wer?»

«Heckenschütze.»

«Schon in Ordnung», sagte Jorge. «Wir haben nichts zurückgelassen.»

«Darum geht es nicht. Clemente – er wartet auf uns.»

Jorge blieb stehen und wandte sich dem Alten zu, der ihn ungläubig ansah. Über dessen Schulter hinweg konnte Jorge die Straße entlangsehen. Felipe hatte Recht, dort oben war jemand. Hatte sie wahrscheinlich gerade im Fadenkreuz des Nachtsichtgeräts.

«Was tust du da?», fragte Felipe.

«Du hast solchen Schiss vor Clemente, du solltest dich gleich ergeben. Er ist ein Leutnant, ein Nichts.»

«Ich sag dir nur, dass sich die Dinge verändert haben.»

«Red weiter», sagte Jorge. «Tu so, als ob wir uns streiten.» Er knuffte dem Alten gegen die Schulter und suchte die oberen Fenster ab.

«Fällt mir nicht schwer.» Felipe schlug zurück. «Ich bin nicht einer von denen, die sich weigern, ihre sichere Höhle zu verlassen, die nur für den Rum und ihre kostbaren Funkgeräte leben. Ich bin hier mit dir in Clementes Stadt.»

«Das ist nicht Clementes Stadt, sondern unsere.» Jorge konnte über ihnen noch drei weitere Schützen ausmachen, bis an die Straßenecke, einen nur ein paar Etagen höher. Den ganzen Block deckten sie ab, und ihre Schussfelder überschnitten sich großzügig. So würde es in der ganzen Stadt sein. Sie hatten bestimmt Funk. Damit wurde es unmöglich, zu Fuß oder gar zu Pferde zu agieren, was er als letzte Möglichkeit angesehen hatte. Motorroller taugten nichts. Sie würden einen Wagen brauchen – zwei, vielleicht drei.

«Unsere Stadt?», fragte der Alte. «Deine Augen sagen mir was anderes, *mi amigo.*»

«Das sind nur ein paar Mann.»

«Es geht um die Idee hinter den Männern», sagte Felipe und wies auf seine Schläfe. «Clemente ist ein Denker. Die anderen hatten nur Wunschvorstellungen. Clemente hat keine Wünsche, nur Ideen.»

Jorge klopfte ihm auf den Arm, als verzeihe er ihm. «Dann müssen wir eben auch nachdenken.»

«Stimmt», sagte der Alte, und sie machten kehrt und

gingen weiter die Straße entlang. Der Test war unnötig gewesen, fand Jorge, aber er war froh, dass der Alte ihn so leicht bestanden hatte. Er würde ein Auge auf Aurelio haben müssen, Luz' Versicherungen zum Trotz. Das war lästig; der Job würde schon schwer genug werden.

Aber es tat gut, daran zu arbeiten. Das lenkte ihn von seinem Leben ab – von der leeren Wohnung, dem Schlüssel, den er dem Hausmeister gegeben hatte, damit der die Engelbarsche fütterte. Der Anblick von Straßenkreuzungen ließ auf Möglichkeiten hoffen: Hintergassen, die insgeheim hinter den Gebäuden aufeinander stießen, die Tiefgaragen, die vielleicht die notwendige Verbindung zum Stadion herstellten, zu Forbes' versprochenem Helikopter. Jorge hatte eine Karte im Kopf und vermerkte darin die Details – Bushaltestellen und Kioske, Gullydeckel. In der Höhle würde er auf seiner Azetatkarte mit einem Leuchtmarker die Rückzugsroute einzeichnen und jeden einzelnen Punkt mit Felipe gegenchecken. Das würde ihnen Hoffnung machen, auch wenn sie nicht daran glaubten.

«Da über dem Fischmarkt ist noch einer», sagte der Alte. «Man sieht die Glut seiner Zigarette.»

«Ich sehe ihn», sagte Jorge schroff, dann entschuldigte er sich. Er redete leise weiter, immer noch wegen seines Akzents besorgt. «Wenn sie an einem Ort sind, werden sie auch noch anderswo sein. Das überrascht mich nicht.»

«Das macht es schwieriger.»

«Es soll auch nicht einfach sein.»

«Dem, der in der Höhle bleibt, wird das wohl kaum gefallen.»

«Und dir?», fragte Jorge.

«Mir muss es nicht gefallen», sagte Felipe, «ich muss es nur tun. Aber du kriegst vielleicht Schwierigkeiten mit dem Zigeuner und den anderen.»

«Und El Marichal?»

«Der ist immer ein guter Freund gewesen.»

«Es gibt ja auch keine andere Wahl.»

«Nein», pflichtete ihm Felipe bei, als sei jede weitere Diskussion sinnlos.

Sie bogen in eine dunkle Straße ein, die mit Fensterglasscherben übersät war; in den Auslagen waren Bruchstücke nackter Schaufensterpuppen zu sehen. Dem Warenhaus gegenüber rahmte ein steinerner Torbogen Finsternis ein.

«Komm», sagte der Alte. «Ich führe dich durch den Park. So können wir uns hinsetzen, als ob wir auf Besuch wären, und uns Zeit lassen.»

«Auf Besuch.»

«Wie ein Liebespärchen, wollte ich sagen. Das ist nichts Ungewöhnliches in dem Park. Die *guardia* sind kein Problem. Ich habe sie schon hier gesehen – sogar gehört.»

«Dann kommst du also oft her?», scherzte Jorge.

«Mach dich nicht lustig, mein Freund. Die Liebe ist ein Geschenk, ganz gleich, in welcher Verpackung.»

Der Weg schlängelte sich zwischen Palmen und Hibiskushainen dahin. Glassplitter kratzten und klirrten unter Jorges Schuhen. Neben dem Weg hörte er ein Rascheln, dann ein tiefes Stöhnen – eine raue Männerstimme tat so, als gehöre sie einer Frau, aber es klang nicht sehr überzeugend.

«Und außerdem», sagte der Alte, «können einen hier die Verpackungen manchmal überraschen, was?»

Die ersten beiden Stellen, die sie ansteuerten, waren besetzt. Die dritte war eine niedrige Steinbank in einer Ecke, noch warm vom letzten Paar; noch hing der Geruch der Liebe in der Luft. Von hier aus konnten sie zur Straße hinübersehen.

Im Erdgeschoss befand sich ein Theater, und dort fand wohl irgendeine Werbeveranstaltung statt, denn die Türen unter dem ausgeschalteten Leuchtschild waren dicht umdrängt. Merengue trillerte aus versteckten Lautsprechern, und die Menschenmenge wogte im Takt. Es gab acht Türen, registrierte Jorge – viermal zwei dunkel getönte Glastüren mit Chromrahmen. Praktisch nicht zu verteidigen. Das konnte das Eindringen erleichtern, war aber die Hölle für jeden, der einen Angriff aufzuhalten versuchte.

«Wo, meinst du, hat er sie postiert?», flüsterte Felipe.

«Drinnen. Du hast gesagt, es gibt zwei Aufzüge. Dort sind sie wahrscheinlich. Wie viele hast du gesehen?»

«Meistens zwei.»

«Wie bewaffnet?»

«Mit AKs und Handfeuerwaffen. Nichts Schweres.»

«Wie viele Stockwerke?»

«Fünfzehn. Die Station ist im dreizehnten.»

«Unmöglich», sagte Jorge, «du machst wohl Witze.»

«*Ay*, du bist genauso wie der Zigeuner? Wenn du erst mal so alt bist wie ich, dann weißt du, dass es so etwas wie Glück gar nicht gibt. Es gibt nur, was es gibt und was nicht.»

«Was befindet sich sonst in dem Gebäude?»

«Büros, meistens Außenhandelsfirmen. Kanadier, Franzosen.»

«Keine Wohnungen?»

«Nein.»

Auf der Straße verstummte der Merengue, und die Menge klatschte. Dann kam ein Rocksong, mit satten Gitarren und wuchtigem Beat – ein Werbejingle, der einen dazu ermunterte, Pacifico-Bier zu trinken. Jorge meinte, er könne den DJ in einem großen Glaskäfig sehen, ein Mikro auf Mundhöhe. Er wünschte, er hätte sein Nachtsichtgerät dabei.

«Ist das normal», fragte er, «oder ist das irgendwas Besonderes?»

«Freitagnacht kommen die jungen Leute her und hören sich Bustus Domecq an. Er macht diese Kaugummiwerbung – kennst du die? Sehr clever. Er tanzt mit einem Spiegel, bis sie auf einmal zu zweit sind und sich nicht einigen können, wer führt. Man sagt, er gehört zu uns, aber er ist ein so großer Star, dass sie ihm nichts anhaben können.»

«Wird er am Montag hier sein?»

«Nein, er hat die Nachtsendung. Wir kriegen den Witzbold ab, dort oben.»

«Und das Arsenal ist links von uns.»

«Am Ende des Blocks.»

«Was hältst du davon?», fragte Jorge ihn.

«Wovon?»

«Von der ganzen Sache.»

«Nicht unmöglich», erwiderte der Alte.

Sie sahen über die Straße. Ein Rapsong war zu hören, und die Tanzenden schwangen ihre Hände in der Luft. In seinem Glaskäfig drehte sich Bustus Domecq auf seinem Hocker.

«Aber auch nicht sehr wahrscheinlich», fügte Felipe an.

«So seh ich's auch», sagte Jorge.

«Eine Überraschung wird's in jedem Fall.»

Jorge wollte ihm gerade erneut beipflichten, als sie den dröhnenden Lärm eines Kampfjets über sich hörten. Ein paar Tänzer blieben stehen und schauten nach oben. Sie warteten auf eine Explosion, doch es kam nichts.

«Unsere?», fragte Felipe.

«Vielleicht eine alte Phantom», sagte Jorge, obwohl es sich unmöglich bestimmen ließ. Er war sich nicht mal sicher, was sie von Honduras aus überhaupt noch flogen. Er hatte umgebaute MiGs gesehen, einmal sogar eine uralte iranische F-14 mit Pratt & Whitney-Motoren, die Schluckauf hatten. Diese Nachschubkerle waren Zauberer. Unglaublich, was sie alles auftreiben konnten – und was man damit anstellen sollte, wenn es nach der Firma ging.

«Ja», sagte Felipe, «eine F-4. Damit haben sie letzte Woche die Brücke in Segovia getroffen. Vielleicht dieselbe.»

«Das bezweifle ich», sagte Jorge. «Sie haben eine Menge davon.»

Der Jäger kam kreischend wieder über die Stadt geschossen, und Jorge sah, dass es eine MiG war. Er fragte sich, ob der Alte den Unterschied kannte.

«Wir sollten zurück», sagte Felipe. «Was musst du noch sehen?»

«Alles», entgegnete Jorge.

Als sie in der Dunkelheit durch den Dschungel hinaufstiegen, befahl ihnen ein Mann, stehen zu bleiben. Er zischte, als wolle er sich nicht durch seine Stimme zu erkennen geben. «Wer da?» Sie hörten den Bolzen einer Automatik zurückschnappen und nach vorn klacken. Der Mann hockte irgendwo über ihnen im Gebüsch.

«Freunde», sagte Felipe und stellte sich vor Jorge, wie um ihn zu beschützen.

«Freunde von wem?»

«Von Aurelio. Kennst du den alten Felipe etwa nicht?»

«Wie lautet die Parole?»

«Wir kommen aus der Stadt.»

«Ich weiß», sagte der Mann im Dunkeln. «Ihr kommt von der Station. Ich brauche immer noch die Parole.»

«Bist du das, César?», fragte Felipe.

«Ich hab nach der Parole gefragt.»

«Es gibt keine Parole, César», sagte Felipe. «Das ist ein Scherz von dir.»

Der Mann sprang von einem Baum und landete mitten auf dem Pfad. «Ihr könnt passieren», sagte er. Er war dürr, fast noch ein Junge. Im Mondlicht sah Jorge nur das Glitzern eines Goldzahns und ein wenig von einem kurz geschorenen Schädel.

«Du Mistkerl», sagte Felipe und schubste den Mann.

«Du hast das Herz einer Maus, Alter. Und du, *americano,* du hast die Stimme eines Fischs.»

Felipe bedeutete ihm, er solle leiser sprechen.

«Pah», machte César. «Hier ist keiner. Ich bin schon die ganze Nacht hier und sterbe vor Langeweile. Seit heute Morgen hab ich nichts gegessen. Sag ihnen das. Sie sollen mir Gloria mit etwas zu essen runterschicken.» Er zündete sich sorglos eine Zigarette an und bot Jorge einen Zug an. Die Zuwendung eines Soldaten, nicht leichtfertig angeboten; Jorge konnte sie nicht abschlagen. «Kleiner Ortega, stimmt das mit der Station?»

«Was ist damit?»

«Dass es Selbstmord ist.»

«Wer sagt das?», fragte Felipe. «Aurelio?»

«Niemand», erwiderte der Mann. «Ich hab nichts dagegen. Ist doch nicht mein Selbstmord. Aber hüte dich vor denen, die es zu deinem machen wollen.»

«Was soll das denn heißen?», fragte Jorge.

César zögerte, kratzte sich seinen kurz geschorenen Schädel, als denke er nach. «Pass einfach nur auf deinen Sprengstoff auf. Ich möchte nicht am falschen Ende davon stehen, wenn du verstehst, was ich meine.»

«Ich verstehe», sagte Jorge. Er nahm noch einen Zug und gab die Zigarette zurück. César trat zur Seite, und sie stiegen weiter den Pfad hinauf.

«Bohnen!», rief César ihnen im Dunkeln nach. «Tortillas!»

«Parole?», spottete Felipe.

Sie lauschten, ob Kavallerie in der Gegend war, bevor sie den breiten Pfad überquerten. Am Anfang der Schlucht legten sie eine Verschnaufpause ein. Zum ersten Mal sah Jorge die Schlucht als Falle, als Sackgasse. Das Lager war zu günstig gelegen, zu nahe an einem Hauptpfad. Nach einer Weile würden Wachen und Suchtrupps mit ihrem täglichen Hin und Her einen Pfad in den Dschungelboden trampeln, eine Spur für die Kavallerie. Er musste sich den Pfad erst noch bei Tageslicht anschauen. Wie lange hielten sie sich eigentlich schon in der

Höhle auf? In dieser Hinsicht hatte Aurelio Recht; sie würden anschließend verschwinden müssen. Vielleicht hatte Aurelio überhaupt Recht. Er konnte es sich leisten, Geduld zu haben, Jorge nicht.

Er merkte, dass der Alte ihn beobachtete, und versuchte zu lächeln.

«César ist ein guter Mann», sagte Felipe. «Er spricht in Rätseln, aber im Kern meint er es ernst.»

«Ich dachte, er wäre bloß ein Arschloch», entgegnete Jorge.

«Ja, das ist er, aber auch ein guter Mann. Eine seltsame Mischung. Er macht sich Sorgen um Aurelio. Das tun wir alle, sogar Luz, obwohl sie es nie zugeben würde.»

«Auch nicht vor sich selbst.»

«Das weiß ich nicht.»

«Was sollen wir mit dem Plastiksprengstoff machen?», fragte Jorge.

«Wir werden darauf aufpassen – du, ich und César.»

«Und Gloria.»

«Wenn du ihr vertraust.»

«Du nicht?»

«Ich kenne sie nicht», sagte der Alte.

«Warum hast du mich hierher geführt, wenn du wusstest, dass die Dinge so schlecht stehen?»

«Ich hatte keine Wahl. Das ist Aurelios Abschnitt. Wir müssen mit ihm auskommen.»

«Was ist mit El Marichal?»

«Er hat seinen eigenen Abschnitt.»

«Käme man mit ihm besser aus?»

«Wenn das hier sein Abschnitt wäre, schon, aber das ist er nicht.»

«Wir stecken also in der Zwickmühle», sagte Jorge. «Willst du mir das sagen?»

«Ja», erwiderte Felipe. «In der Zwickmühle. Das ist genau das richtige Wort dafür.»

4

Triefend stiegen sie vom Teich zum Höhleneingang, wo ein Licht am Rand der Decke hervorschimmerte, die den Eingang verbarg. Jorges Rucksack stand an der Felswand, mit einer Segeltuchplane abgedeckt.

«Wart mal», flüsterte Jorge dem Alten zu und kniete sich hin.

Das Segeltuch war taunass, ein Tropfen kitzelte ihn an den Fingern. Er ließ die Schnalle aufschnappen, unter der die Schlösser zum Vorschein kamen, mit denen die Lasche gesichert war. Er erinnerte sich an die Zahlenkombinationen, indem er sich die Spieler wieder vor Augen führte, erst ihre Gesichter, dann die Zahlen auf ihren Trikots – Vada Pinson, Tony Perez, Manny Sanguillen. Während des Frühlingstrainings nahm sein Vater immer eine Woche frei, und zusammen fuhren sie nach Norden und schauten den großen Spielern zu, die auf gipsharten Plätzen trainierten und auf Spielfeldern, die mit Maschendraht umzäunt waren. Im Motel trank sein Vater Whiskey aus einem Plastikbecher, saß in Socken auf dem Bett, an das Kopfende gelehnt, und sah fern, während Jorge in den Schlaf hinüberglitt. Sein Vater hatte stets seine Waffe bei sich, die in seinem Schulterholster steckte, und Jorge stellte sich gern vor, sie seien Verbrecher auf der Flucht. Seine Mutter war irgendwo in Iowa und lebte bei einer Schwester. Beim Frühstück breiteten sie den Spielplan aus, schauten nach, wer warf, und entschieden dann, welche Spiele sie sich anschauen wollten. «Ah, der große Cedeno», sagte sein Vater und heizte seine Vorfreude an, doch als die Kellnerin kam, schrumpfte sein Lächeln und verschwand, als koste es Mühe, glücklich zu sein. Sein Kellergesicht erschien wieder, schlaff und ungeschützt, außer Dienst. Die Jahre des Exils und der Enttäuschung zeichneten sich für den Jungen, der Jorge damals gewesen war, Furcht erregend deutlich darauf ab.

«Und», fragte Felipe, «alles in Ordnung?»

«Ich will mich nur vergewissern.»

Er hob die Lasche an und wühlte unter den Zigaretten und sauberen Chinos bis hinunter zu den glatten Wänden des Prick-60. Der Batteriebehälter war noch da. Um wirklich sicher zu sein, müsste er alles auspacken, aber er litt auch so schon unter einem Anflug von Verfolgungswahn, und César kam ihm nicht sehr verlässlich vor. Morgen, sagte er sich, nur zur Sicherheit. Seine Hand fuhr über das weich getragene Leder seines Holsters, er zog die Pistole heraus und schob sie sich in die Tasche der Windjacke. Vorsicht ist alles, würde sein Vater sagen.

«Alles in Ordnung», sagte er zu Felipe, schnallte den Rucksack wieder zu und ließ die Schlösser einschnappen. Mit einer Geste forderte er Felipe auf voranzugehen, folgte ihm dann mit dem Rucksack auf dem Rücken und beugte sich vor, als der Alte die Decke beiseite raffte.

Das Licht blendete, die Luft war verräuchert und abgestanden, es roch nach Bratenöl, Zigaretten und Chili. Ein Transistorradio schnatterte und spuckte die gleiche Musik aus, die er in der Stadt gehört hatte – die Bustus-Domecq-Show. Rafael und Aurelio saßen auf rostigen Klappstühlen rund um einen verdellten Spieltisch; bei ihnen waren zwei Männer, die Jorge noch nie gesehen hatte. Im Hintergrund kosteten Gloria und Luz etwas aus einem Topf. Als Luz aufblickte, sah Gloria ihn und lächelte.

Die Männer spielten Poker; ihre Chips bestanden aus klein kalibriger Munition. Einer der Männer trug ein rotes Kopftuch wie ein Gangmitglied der Liberty City Blood; er war jung, fast mädchenhaft, abgesehen von einem Striemen, der sich über seine ganze Nase zog, als habe jemand versucht, sie abzufeilen. Der andere wirkte grau und angestelltenhaft, mit dicken Brillengläsern und mehreren Kinnfalten, die sich an dem Tuch um seinen verschwitzten Hals rieben. Die beiden betrachteten Jorge so prüfend wie Revolverhelden.

«Ich dachte, du wolltest das da draußen lassen», sagte Aurelio und wies mit seinen Karten auf den Rucksack.

«Die Feuchtigkeit ist schlecht dafür.»

«Aber eine Explosion ist gut für uns?», fragte Rafael.

«Ich will's nicht in der Höhle haben», sagte Aurelio und warf eine .22er als Einsatz in den Topf.

«Es ist weit genug vom Feuer weg», sagte Jorge. «Hier hast du ein paar Zigaretten. Die bringen dich bestimmt eher um.»

Aurelio sah ihn an, als wollte er noch etwas sagen, dann nahm er sie. Die beiden Fremden starrten auf die Marlboros, als seien sie verzaubert.

«Auch welche?», fragte Jorge.

«Bitte», sagte der Graue.

«Danke, Ortega», sagte der Junge mit dem Kopftuch und zündete sich eine an. Das war Hector, der oberhalb der Höhle Wache gestanden hatte. Der andere war Teófilo; umständlich teilte er Jorge mit, er schätze es nicht, wenn man ihn Teó nenne.

Gloria brachte einen Teller mit gebratener Paprika und irgendeinem Schmorfleisch herüber, und die Männer aßen mit den Fingern und rauchten zwischen den Bissen. «Leguan», sagte Gloria, «von Rafael beschafft.» Im Vorbeigehen streifte sie Jorge mit ihrer Vorderseite, ihre Brüste stupsten ihn, und Rafael verschluckte sich vor Lachen.

«Iss besser was», scherzte er. «Heute Nacht brauchst du Kraft.»

«Er ist eifersüchtig», sagte Hector mit dem Kopftuch, und der graue Teófilo kicherte.

«O nein, nein, nein», sagte Rafael mit gespieltem Ernst, «aber es heißt ja, mit einer hässlichen Frau zu schlafen bringt Glück.»

Einen Augenblick lang sagte niemand etwas, nur das Radio spielte. Das ist ein Test, dachte Jorge. Zu einem erstaunlich großen Teil bestand der Job aus derartigem Schulhofquatsch.

«Ich finde sie nicht hässlich», sagte er schließlich. Es sollte sich drohend, herausfordernd anhören, klang aber eher abwehrend, und halbherzig dazu, und jetzt war Jorge sauer. Er schlug gegen die Rückenlehne von Rafaels Stuhl und sah auf ihn herab. «Hast du wirklich so wenig Ehre?»

«Ich wollte nicht respektlos erscheinen», sagte Rafael plötzlich reuevoll. Er versuchte, die Sache leichthin abzutun.

«Er hat die Ehre eines Zigeuners», sagte Aurelio. «Die ist wie das Herz eines Kommunisten – du brauchst ein Mikroskop, um sie zu sehen.»

«Genau wie seine Eier», rief Gloria aus dem Hintergrund, und alle brüllten sie vor Lachen, auch Rafael, sodass Jorge mittun musste. Es war ein Spiel, nichts weiter, nichts, worüber er sich aufzuregen brauchte, aber genau das tat er. Wieder lag es an Catalina, an all dem alten Zeug, das in ihm hochkam. Deswegen gehörte er keinem Team mehr an, war entbehrlich geworden, zu Forbes abgeschoben.

«Holt eure *sopa*, ihr faulen Säcke», rief Luz, und die Männer legten ihre Karten hin.

Es gab eine Suppe aus schwarzen Bohnen, dick und heiß, mit Zwiebelstücken. Gloria schöpfte sie in leere Blechdosen. Felipe stellte sich als Erster an, dann Rafael. Aurelio verschwand für einen Augenblick, bückte sich dann wieder unter der Decke hindurch und kam zurück. Er stank nach Rum, als er sich hinter Jorge anstellte.

«César will, dass wir ihm was bringen», erinnerte sich Jorge.

«Nach dem Essen», sagte Luz zu Gloria, die nickte. Die blauen Ringe um ihre Augen wirkten im Schein des Feuers dunkler, gespenstisch. Ihre Nase war zu einer Seite abgeknickt, die Spitze flachgeschlagen wie bei einem Preisboxer. Sie war nicht hässlich, fand Jorge, nur kaputt. Nichts, worüber man Witze riss.

Während sie eine Portion für Jorge schöpfte, sah sie ihn vorwurfsvoll an. Sie beugte sich weit über die dampfende Dose, als wolle sie ihm einen Kuss geben, ihm ein Geheimnis verraten.

«Du hast mich nicht zu verteidigen», flüsterte sie. «Ich steh für mich selber ein, niemand sonst.»

Unsicher, was er darauf erwidern sollte, entschuldigte er sich.

«*Vámonos*», sagte Aurelio hinter ihm, «ich bin am Verhungern», und Jorge kehrte an den Tisch zurück.

Heimlich sah er ihr beim Essen zu. Während die anderen sich über ihre Dosen beugten, schlug sie die Beine übereinander, lehnte sich mit durchgedrücktem Rücken zurück und führte den Löffel zum Mund. Aus ihrer Haltung sprach das Selbstvertrauen eines Models, die gleichmütige Arroganz der Privilegierten oder derjenigen, die sich eine Leistung hart erkämpft haben; und Jorge fragte sich, woher sie kommen mochte, aus welchen Kreisen. Er stellte sich verschiedene Familien für sie vor – Bauern und Bürokraten, Lagerverwalter, Küchenhelfer. Und ihr Haus, war das eine Hütte aus Betonsteinen mit Blechdach oder eine Villa mit Swimmingpool und Blick auf den Hafen? Fuhr ihre Mutter einen Mercedes oder schlug sie auf den schlammigen Hintern einer Ziege ein? Als Gloria gegessen hatte, machte sie eine Dose für César fertig, warf einen Schal über und tauchte unter der Decke hindurch in die Nacht hinaus, und Jorge spürte, dass sie bereits dabei war, ihn einzuwickeln. Es überraschte ihn, dass so wenig dazu nötig war. Ein schlechtes Zeichen.

Als sie fertig waren, brachte Hector, das Gangmitglied, die Dosen runter zum Teich und wusch sie aus. Das Pokerspiel war vorüber, der Tisch abgeräumt. Luz hatte sich zu den Männern gesellt und rauchte, und im Raum wurde es still. Der Rum fehlte, und jemand hatte das kleine Transistorradio abgestellt. Es sah so aus, als warteten sie darauf, dass jemand eine Versammlung eröffnete, an der keiner von ihnen teilnehmen mochte. Jorge setzte sich neben Luz. Schließlich kam Hector wieder herein. Er wollte die Dosen auf ein Trockentuch stellen, aber Luz sagte, er solle das lassen, und er kam herüber und setzte sich neben den dicken Teófilo. Mit seiner grauen Haut und dem Dreitagebart sah er aus wie eine Seekuh. Und Hector mit seiner Narbe wie ein drahtiger Pirat. Dick und Doof, dachte Jorge. Mit diesem Trick merkte man sich als Anführer die Namen seiner Leute, aber Jorge war darin nicht gut. Hector und Teófilo: Laurel und Hardy. Hector der Pirat. Teófilo die Seekuh. Es würden noch weitere kommen, hoffte er zumindest.

«In Ordnung», sagte Aurelio. «Ist alles so weit klar?»

«Was ist klar?», fragte Felipe.

«Der Plan des *americano.*»

«Klar genug», sagte Felipe.

«Wer ist dafür?», fragte Aurelio.

Felipe sah Jorge verdutzt an. Luz ebenfalls.

«Ich bin dagegen», sagte Aurelio. «Ich glaube nicht, dass das gut für uns ist.»

«Dann machen wir es ohne dich», sagte Jorge. «Wir werden deine Fähigkeiten vermissen.»

«Wer vermisst schon einen Feigling?»

«Was hast du da gesagt, alter Mann?», fragte Aurelio. Sein Gesicht war rot, und er schwitzte.

«Nichts zu dir.»

Jorge sah zu Luz hin. Bisher hatte sie geschwiegen. Er ließ seine Hand an der Windjacke hinab in die Tasche gleiten, in der die Pistole steckte. Mit dem Daumen fand er den Hebel und entsicherte. Nicht, dass er die Dinge auf diese Weise regeln wollte, aber so etwas gehörte nun mal zu seinem Job.

«Hört mir zu», sagte Aurelio. «Wir fahren am besten damit, wenn wir unsere Einsätze selbst planen. Haben wir in Arriaga jemals einen Mann verloren?»

«Soll ich zu El Marichal gehen?», fragte Jorge.

«Du gehst zu niemandem. Du unternimmst nichts, was diesen Abschnitt gefährden kann.»

«Es gibt keine Wahl», sagte Jorge. «Forbes ist am Montag bei Sonnenaufgang hier, ob mit uns oder ohne uns.»

«Na, dann eben ohne uns. Hinterher wird man uns sogar noch mehr brauchen. Vertraut denn einer von euch darauf, dass die Amerikaner durchkommen? Ich nicht. Und wo sind wir dann?»

Die anderen dachten darüber nach. Jorge sicherte seine Pistole wieder. Wenn ich hier verliere, bin ich verloren, dachte er. Er würde andere suchen müssen, und die Zeit war knapp.

«Nein», sagte Luz schließlich. «Den Amerikanern sind wir gleichgültig.»

«Na also», sagte Aurelio erfreut.

«Aber mir nicht», fuhr Luz fort. «Und vor nicht allzu langer Zeit waren wir dir auch noch nicht gleichgültig. Ich weiß nicht, was mit dir passiert ist. Du hast dich in jemanden verwandelt, der sich nur noch um seine eigene Sicherheit schert.»

«Was willst du damit sagen?»

«Dass ich für Ortega bin. Ich bin für die Station. Ich bin für Kuba.»

«Dann verrätst du mich.» Er drehte sich um und spuckte in den Staub.

«Ich mache nur meinem Herzen Luft.»

«Ich bin für die Station», sagte Teófilo die Seekuh schlicht, als gäbe es da keine Frage.

«Ich bin nicht für die Station», sagte Rafael, «und ich bin nicht für Kuba, aber ich gehe mit Luz.»

«Ich gehe mit Luz», echote Hector der Pirat.

«Ihr Idioten!», sagte Aurelio. «Denkt doch mal nach! Ihr redet mit euren Eingeweiden statt mit eurem Verstand. Sie werden uns durch die Berge jagen wie Rehe. Wir haben es nicht mehr mit Benitez zu tun, sondern mit Clemente. Er hat den Verstand eines Generals. Frag den alten Mann, ob ich lüge.»

«Wir haben es wohl mit Clemente zu tun», pflichtete ihm Felipe bei, «aber ich glaube, die Amerikaner meinen es diesmal ernst.»

Nein, wollte Jorge sagen, das anzunehmen ist ein Fehler, aber er sagte nichts. Einen Moment lang fragte er sich, ob die Firma ihn hergeschickt hatte, nicht um der Revolution zu helfen, sondern um sie zur Aufgabe zu zwingen – falls die Leute über Forbes wollten, dass sie nur bis hierhin vorankam. Es gab da Spiele innerhalb von anderen Spielen – wie wenn ein Fänger die ganzen neun Innings mit dem Schiedsrichter quatscht, Witze erzählt, ihm schon früh Flöhe ins Ohr setzt, leise Erwartungen, Versprechen.

«Ob sie es ernst meinen, ist egal», sagte Luz. «Wir meinen es jedenfalls ernst.»

«Hörst du eigentlich, was du da sagst?», schrie Aurelio. «Begreifst du denn nicht, was geschehen wird?»

«Es wird geschehen, was geschehen muss.»

«Ihr macht unsere ganze Arbeit zunichte. Ihr werdet alle umkommen – wofür?»

«Halt den Mund», sagte Luz. «Du machst uns keine Angst mit deinem feigen Gerede.»

«Feige? Wieso ist es denn feige, in die Zukunft zu schauen? Das ist keine Frage von Feigheit. Sieht das denn niemand?»

Nein, dachte Jorge, nur wir beide. Vielleicht noch Luz.

«Es ist einfach töricht», flehte Aurelio. «Hört auf euren *comandante*.»

Luz lachte. «Und wer ist das?»

«Wer hat den Überfall auf das Umspannwerk geplant – und auf den Kontrollpunkt? Wer hat diese Höhle gefunden?»

«Wer hat den *blanco* in die Stadt gehen lassen? Hast du nicht zugehört? Sie folgen mir. Ich kommandiere hier.»

«Ich sollte dich und den *americano* erschießen.»

Jorge schob die Hand wieder in die Tasche. Zu spät, dachte er. Er wurde langsam sentimental.

«Du solltest, aber du wirst nicht», sagte Luz. «Du hast nicht einmal mehr den Mumm zum Mord.»

«Geht doch zum Teufel», sagte Aurelio, «alle beide.» Er griff in die Gesäßtasche, und Jorge stand auf und zeigte ihm die Pistole.

Alle wichen zurück, als erwarteten sie, dass Jorge ihn erschösse.

Aurelio lächelte. «Das ist der Mann, dem ihr vertraut.» Unbeschwert zog er einen silbernen Flachmann hervor, schraubte ihn auf und trank. «Ihr seht, ich bin kein Feigling und kein Verräter. Ihr werdet schon noch sehen, dass ich Recht habe. Da erniedrige ich mich, um euch das Leben zu retten, und ihr seid nicht mal dankbar. Das ist traurig für einen Mann wie mich. Es wird zu einer Sache zwischen Clemente und mir, das sehe ich voraus. An die Zukunft solltet ihr besser nicht denken.»

«Ich habe eine Zukunft?», fragte Felipe.

«Lach nur, du alter Ziegenbock», sagte Aurelio. «Nur los, ich höre gar nicht zu.» Er stand auf und steckte den Flachmann wieder ein, ohne Jorge aus den Augen zu lassen. Im Vorübergehen rempelte er ihn an, riss dann die Decke beiseite und trat in die Nacht hinaus.

Jorge sicherte seine Waffe und schob sie wieder in die Windjacke. Er setzte sich.

«Das war dumm», sagte Luz. «Ich riskiere alles, und das tust du mir an. Und nun sollen wir an dich glauben?» Er spürte, dass die anderen auch so dachten, bis auf Felipe, der das Ganze komisch fand.

«Tut mir Leid. Ich wusste nicht, wonach er greift.»

«Weil du ihn nicht kennst – *uns* nicht kennst. Und dass wir dich überhaupt nicht kennen, ist ja klar.»

Die Decke wurde zurückgeschlagen; sie wandten sich um und sahen Gloria hereinkommen, eine Dose in der Hand.

«Aurelio steht da draußen und trinkt», berichtete sie.

«Tja, er hat auch allen Grund dazu», sagte Luz entschuldigend.

5

Jorge zog die Decke beiseite und trat in die schwüle Nacht hinaus. Kein Lüftchen regte sich, und er roch den Dschungel – den Modergeruch von Moos und Pilzen. Es dauerte einen Moment, bevor die Sterne sichtbar wurden, als dringe ihr Licht erst jetzt durch den Baldachin aus Laub. Auf den Stufen war niemand, nirgendwo glühte Aurelios Zigarette. Der Teich lag still da, nur ein kleines Rinnsal lief über den Rand.

«Idiot», sagte Jorge. Es war zu ärgerlich; auf den einzigen, der so etwas wie taktischen Verstand besaß, konnten sie sich nun nicht mehr verlassen. So etwas kam vor; nach einer Reihe von Einsätzen wurden die Leute vorsichtig, wogen die Vorteile gegen die Risiken ab. Im Grunde wurden sie klüger. Jorge hatte Aurelio zwar durchschaut, seit der ihm die Funkgeräte gezeigt hatte, aber dass es so weit kam, hatte er nicht gewollt. Doch so war der Krieg nun mal – man konnte nicht so tun als ob, es gab keine angenehme Art, sich daraus zu verabschieden. Man tat entweder mit oder war abgeschrieben, und Aurelio war abgeschrieben.

Während Jorge dastand und den Nachthimmel betrachtete, prüfte er im Geist die Möglichkeiten. Der Mond war eine breite Sichel.

Wenigstens das Wetter hält, dachte er.

Drinnen klimperte jemand auf einer Gitarre, und dann sang Rafael in aufgeschnapptem Englisch:

Is a star out tonight?

I don't know if is cloudy or bright.

Seine Stimme versagte, als er *bright* treffen wollte; es gab Gelächter, und die Gitarre landete mit hohlem Klang auf dem Knie eines anderen. Dann kamen wieder dieselben Akkorde, nur langsamer, voller, als kenne dieser Spieler wirklich die Griffe.

Are the stars out tonight? sang jemand mit einer schönen hohen Altstimme, und es dauerte einen Augenblick, bis Jorge hinter der Stimme den grauen Teófilo erkannte. Die Seekuh sang.

Als er aufblickte, um die Frage zu beantworten, schlug jemand die Decke zurück, und Rafael kam mit einer Zigarette und einer Blechbüchse heraus, in der Kaffee dampfte. «Ah», sagte er, «der mutige Ortega.»

«Ah, Rafael mit der Stimme eines Fischs.»

«Ich habe gesprochen», entgegnete der Zigeuner, «als es für mich an der Zeit war.»

«Wenn es für dich an der Zeit ist, ist es anscheinend immer zu spät.»

«Ich bin Zigeuner – meine Zeit ist meine eigene Angelegenheit, nicht deine. Und du musst gerade von zu spät reden.» Er sog heftig an seiner Zigarette, und Jorge war sich nicht sicher, ob sie noch im Scherz redeten.

«Wo, glaubst du, ist er hingegangen?», fragte er.

«Er heult seinen Lieblingen was vor. Seinen Funkgeräten. Er geht in die Höhle wie in ein Bordell. Und Luz hat das Nachsehen.»

«Würde er sich gegen uns stellen?»

«Heute Nacht?»

«Es gefällt mir nicht, wie er gegangen ist.»

Rafael zuckte mit den Schultern. «Falls er irgendwas vorhat, ist César ja noch da.» Er bot Jorge seine Büchse an, und der nahm einen Schluck – der Kaffee war stark und unverdünnt. Er reichte die Büchse zurück, und Rafael griff vertraulich nach seinem Handgelenk. Er sprach leise, als sei ihre Unterhaltung bisher nur Schau gewesen, Geplänkel. «Warum hast du ihn nicht erschossen?»

«Es war nicht notwendig», flüsterte Jorge.

«Irgendwann wirst du es tun müssen, das weißt du.»

«Das glaube ich nicht.»

«Warum sonst hat Luz wohl das Mädchen rausgeschickt? Er hat keine Freunde mehr. Sie sind alle tot.»

«Warum war Luz dann wütend auf mich?»

«Muss ich dir das sagen? Ein Mann zieht eine Waffe nicht, um sie wieder einzustecken. Meinst du, das vergisst er? Ein Feigling vergisst nie etwas.»

«Ich war kurz davor, und dann habe ich es mir anders überlegt.»

«Ja, das haben wir alle gesehen. Beim nächsten Mal denk nicht erst nach. Tu's jetzt, wenn er zurückkommt.»

«Er ist immer noch wertvoll», sagte Jorge, ohne Überzeugung.

«Früher oder später muss es sein», sagte Rafael. «Später wird es schwieriger. Wir haben nur noch zwei Tage.»

«Ich weiß.»

«Mach es nicht schwierig.»

Drinnen ging das Lied zu Ende, und es wurde geklatscht.

«Es ist bereits schwierig», sagte Jorge. In der Stille klang seine Stimme laut.

«Nein», sagte der Zigeuner, «es ist ganz einfach.» Er schnippte seine Zigarette in hohem Bogen weg, dann hatte die schwarze Teichfläche sie verschlungen. Er drehte sich um, hob die Decke an, hielt dramatisch inne und sah zurück. «Du *machst* es schwierig.»

6

In der Höhle saß Jorge neben Luz auf einem harten Klappstuhl am Spieltisch. Sie und Gloria füllten Patronen mit rostigen Schrauben und Muttern und pressten sie zu. Es war spät, und sie tranken jeder einen Fingerbreit Rum. Aurelio war noch nicht zurückgekommen, und Jorge sah, dass Luz sich Sorgen machte, aber niemand sagte etwas. Nur sie drei saßen in der Höhle. Luz hatte Hector und Teófilo wieder auf ihre Posten geschickt, Rafael war den Berg hinuntergegangen, um César abzulösen, und Felipe schlief am Feuer.

Auf dem Tisch stand eine fleckige Weintraubenkiste mit ausrangierten Verschlüssen und Metallschrott, daneben ein Pappkarton mit fertigen Patronen. Sie besaßen ein abgesägtes Schrotgewehr, eine hübsche Ithaca mit geschnitzten Enten auf dem Schaft, geklaut aus dem Jagdcamp irgendeines Bürokraten. Schade um ein so schönes Jagdgewehr, dachte Jorge. Luz öffnete die Patronen, Gloria füllte sie, Jorge presste sie zu.

«Komisch», sagte Luz. «Sonst ist El Marichal sehr pünktlich.»

«Vielleicht ist er mit Wichtigerem beschäftigt», sagte Gloria.

«Wenn er heute Nacht nicht kommt, müssen wir morgen zu ihm. Bestimmt hat er erfahren, dass Ortega hier ist.»

«Wahrscheinlich kennt er auch schon die Einzelheiten der Landung», sagte Jorge. «Wie alle.»

«So ist Felipe nun mal», sagte Luz und nickte zu dem Alten auf seiner Schlafstatt hinüber. «Er hat noch etwas von einem Katalanen. Zu reden ist ihm wichtiger als die Liebe.»

«Señor Oaks hat sich geweigert, mit ihm zu sprechen», sagte Gloria. «Aber er konnte ohnehin kaum Spanisch.» Sie steckte eine verbogene Flügelschraube in die Patrone und drückte sie mit dem kleinen Finger hinein.

«Tatsächlich bist du von allen, die sie uns geschickt haben, der Erste, der sprechen kann», sagte Luz. «Das hilft. Gibt es viele wie dich?»

«Bei Forbes nicht», erwiderte Jorge. «In Amerika schon. Miami ist voll von Männern, die kämpfen wollen.»

«Von deinem Großvater haben wir alle gehört», sagte Gloria, «aber was ist mit deinem Vater?»

«Er ist tot.»

«*Lo siento.*» Tut mir Leid.

«Mir auch», sagte Luz. «Sehr alt kann er wohl nicht gewesen sein.»

«Ein Unfall. Er war Polizist.»

«Ein tapferer Mann», sagte Luz, «wie sein Vater vor ihm.»

«Ja», sagte Jorge und fragte sich, ob das eine Lüge war.

«Und deine Mutter?», fragte Gloria.

«Auch tot. Krebs.»

«Der Himmel möge dich beschützen», sagte Luz.

«Brüder, Schwestern?»

«Keine.»

«Cousins, Cousinen?»

«Viele.»

«Der Heiligen Mutter sei Dank», sagte Luz. «Ohne Familie zu sein ist ein schlimmes Schicksal.»

«Wo ist denn deine?», fragte er.

«Tot oder im Gefängnis. Ich kämpfe, um sie eines Tages dort rauszuholen.»

«Und deine?», fragte er Gloria.

«Meine Großmutter ist in Amerika – in Syracuse, *Nueva York*. Meine Mutter ist tot. Meinen Vater kenne ich nicht. Ich habe bei meiner Tante gelebt, bis die *guardia* kam und uns holte. Sie haben im Haus einen Revolver gefunden, von vor dem Krieg. Sie hat zehn Jahre gekriegt, ich fünf, dabei hatte ich diese Waffe nie gesehen. Als ich rauskam, bin ich mit César in die Berge gekommen.»

«Keine Geschwister?»

«Ich habe einen Bruder namens Jorge.»

«Wirklich?», fragte Jorge.

«Er ist im Gefängnis, wie ich es war, aber wegen Drogen. Er saß schon, als ich ein Kind war.»

Ein beschämtes Schweigen setzte ein, und sie konzentrierten sich auf die Patronen. Viel war nicht mehr da, nur ein sandiger Bodensatz aus Spänen und ein paar Kugeln aus Kugellagern.

«So, jetzt sind wir ja alle richtig aufgemuntert», sagte Luz und nahm einen Schluck Rum.

In der Ecke flackerte das Feuer. Jorge warf einen Blick zu der Decke und fragte sich, wie bald César mit seinem Goldzahn und seinem Igelschnitt auftauchen würde. Er musste ihn sehen, um sich seinen Namen einzuprägen und das bisschen Vertrautheit zu entwickeln, das er brauchte, um ihn führen zu können. Von jemandem, den man nicht kannte, konnte man unmöglich verlangen, dass er für einen starb. Das Politische allein reichte da nicht. Aurelio war der Beweis.

Jorge sah Luz an, die zwischen den stumpfen Patronenhülsen herumstocherte.

«Darf ich ehrlich sein?», fragte Jorge sie, und Gloria sah von der Weintraubenkiste auf.

«Wenn es sein muss», sagte Luz.

«Der Zigeuner meinte, ich hätte es durchziehen sollen –»

«Nein», unterbrach ihn Luz, «er irrt sich. Misstrauen ist eine seiner Schwächen.»

«Aber wenn ich muss», fing Jorge wieder an.

«Dann wirst du es tun», sagte sie. «Es war nicht erforderlich, und das hast du gesehen.»

«Wenn er sich gegen uns wendet –»

«Das wird er nicht. Ich kenne ihn. Er ist über den Punkt hinaus, für oder gegen etwas zu sein. Wenn du nichts von ihm erwartest, legt er dir nichts in den Weg.» Sie gab Gloria eine Patronenhülse. Das Mädchen hielt die Kiste schräg und pickte die letzten Reste aus einer Ecke. Dann setzte Jorge die Patrone in die Rändelpresse und bediente den Hebel.

«So», sagte Luz und tat die letzte Patrone zu den anderen, «wenigstens haben wir heute Abend etwas geleistet.» Sie hob die Schachtel hoch und trug sie zu einem natürlichen Sims in der Höhlenwand.

«Du musst müde sein», sagte Gloria. «Du hast heute viel getan.» Sie bewegte kaum die Lippen, wie ein Bauchredner.

«Es war wirklich ein langer Tag», antwortete Jorge.

«Du solltest draußen schlafen», sagte sie. «Dort ist die Luft besser.»

«Ich habe keine Angst vor Aurelio.»

«Das wollte ich damit auch nicht sagen. Es ist einfach angenehmer draußen.»

«Bei all den Insekten?»

«Ich habe ein Moskitonetz, wenn du möchtest.»

Über ihre Schulter hinweg sah er, dass Luz so tat, als wäre sie mit den Patronen beschäftigt, um ihnen Zeit zu geben, ihr Gespräch abzuschließen.

«Es ist eine herrliche Nacht», sagte Gloria noch, und er wusste, sie würde siegen; und zugleich wusste er, dass er später, in ihren Armen, Catalina vor Augen haben würde. Oft kam es ihm so vor, als erwachte er aus einem bösen Traum nur, um sich in einen weiteren verstrickt zu finden, und doch waren sie alle wahr, Glieder einer Kette, die zu zerbrechen er nicht die Kraft besaß – im Gegensatz zu meinem Vater, dachte er.

«Ja», sagte er.

7

Er sah Gloria im Dunkeln nicht. Sie waren oberhalb der Höhle, und der Geruch des verglimmenden Feuers reichte bis zu ihnen. Er hatte Aurelio nicht vergessen, hatte die Pistole entsichert und unter die Lasche seines Rucksacks geschoben. Die Arbeit hatte Glorias Körper hart, ihre Schultern knochig werden lassen. Sie bot ihm ihren Hintern dar, aber Jorge drehte sie um, als wolle er sie sehen. Er wusste, sie wollte von ihm geküsst werden, und er versuchte, die Lücken zwischen ihren Zähnen zu vergessen, über die seine Zunge fuhr wie über Eisberge. Ihr Haar roch nach Bratöl und Rauch, und ihr Hals schmeckte salzig. Sie legte die Hände hinter seinen Kopf und zog ihn an ihre Brust. Er hörte es, wenn ihr Herz einen Takt aussetzte, hörte sie vor Leidenschaft japsen. Er glaubte, es nicht ehrlich mit ihr aufnehmen zu können, doch als sie erst einmal angefangen hatten, spürte er, dass er interessiert, sogar gierig war. Farnwedel strichen ihm raschelnd über die Rippen. Er sah Catalina kaum; nur einmal trat sie ihm flüchtig vor Augen, in der Blechhütte im Basislager. Das genügte. Sie war auf ihm, ohne Bluse, aber noch mit BH, und ihr Kruzifix pendelte, während sie auf ihm schaukelte.

Jorge wusste, wann das gewesen war – am Tag vor den Stromleitungen. Der Generalstreik war bereits ausgerufen, sie warteten nur noch auf die Befehle aus der Stadt. Die Sonne schien, ein Gecko wärmte sich in dem grellen Rechteck über der Pritsche. In der Ecke stand sein empfangsbereites Funkgerät, und die freie Frequenz tauchte sie beide in weißes Rauschen. Über seine Hilflosigkeit lächelnd, griff sie hinter sich, um ihren BH zu öffnen, und ihre Brüste kamen frei. Catalina, *te amo.*

Und plötzlich war er wieder im Dschungel, im Dunkeln, sein Atem schwer von Rum und Zwiebeln, und ergoss sich in die gesichtslose Frau unter ihm. Es war wie in Miami, das hässliche Als-ob der One-Night-Stands dort – Kondome, die aus fahrenden Autos flogen, billige Wohnungen mit Wasserschäden, das geborstene Pflaster von Hintergassen, in denen Hunde kläfften. Er hatte das Gefühl, er sei um etwas betrogen worden, obwohl er wusste, dass dies nicht stimmte, dass er selbstsüchtig war. Er wollte Catalina wiederhaben. Manchmal, wenn er so dalag wie jetzt, vermisste er die Albträume.

«Du denkst an eine andere?», fragte Gloria.

«Nein.»

«Du gehörst mir», sagte sie traurig und legte ein Bein über ihn. «Du bist von so weit hergekommen, um mit mir zusammen zu sein.»

«Ja.»

«Was noch?», sagte sie. «Sag es mir.»

Um sie herum piepten Baumfrösche.

«Du bist lieb», sagte er.

«Sag meinen Namen, Ortega.»

«Gloria.»

«Sag mir, dass ich schön bin.»

«Das bist du», sagte er. «Das habe ich sofort gesehen.»

«Eigentlich sehe ich anders aus als jetzt.»

«Ich weiß.»

«Das kann man doch richten, oder? In Miami können sie alles richten.»

Schon möglich, dachte er – alles außer der Wut in ihren Augen, der Unmöglichkeit zu vergeben.

«Ja», sagte er.

«Es ist lachhaft. Im Gefängnis habe ich ihnen alles gegeben außer meinem Gesicht. Das konnte ich immer retten. Meine Hände, meine Arme, meinen Rücken – sie haben mich mit Reifenfetzen geschlagen, mit ihren Stiefeln, aber ich habe immer aufgepasst. Und jetzt ist alles dahin.»

«Ich kann's noch sehen», sagte Jorge.

«Das ist freundlich von dir, aber es stimmt nicht. Luz sagt, nur mein Stolz sei das Problem, und den würde ich noch besiegen. Aber sie sagt nicht, wie.»

Von unten hörte man Geplätscher, jemand watete durch den Teich, und Jorges Hand schoss zum Rucksack und griff nach der Pistole. Gloria umklammerte seinen Arm. Er nahm ihre Hand, und sie warteten.

Unter dem Blätterdach flirrte eine Fledermaus vorüber, eine schwarze Silhouette vor dem Mond. Jorge hielt den Atem an und horchte auf das Knacken eines Zweiges, das Wischen eines Blattes.

Die Baumfrösche piepten.

«Er hat sich schlafen gelegt», flüsterte Gloria, aber er wartete noch einen Moment, bevor er sich zufrieden gab. Er steckte die Waffe weg und rollte zur Seite.

Ihre Hände glitten über seinen Bauch und fanden ihr Ziel, machten sich dort zu schaffen, und die Reibung war köstlich.

«Wird er sich gegen uns wenden?», fragte Jorge. «Luz sagt nein.»

«Am Kontrollpunkt war er sehr mutig, aber das ist Monate her.»

«Und jetzt?»

«Wie kann ich das wissen?»

«Wir haben nur zwei Tage», sagte Jorge. «Ich brauche eine bessere Antwort als die.»

Sie ließ von ihm ab und seufzte, als habe er die Stimmung verdorben. «Ich bin nicht Luz, ich schulde ihm keine Loyalität. Ich habe kein Vertrauen zu ihm – niemand hat das, nicht einmal Hector. Aber ich würde ihn nicht töten. Dafür brauchst du Luz viel zu sehr. Das Beste ist, du beobachtest ihn. Sorg dafür, dass er nicht wie heute Nacht das Lager verlässt, und halt ihn von seinen Funkgeräten fern. Gib ihm nichts Wichtiges zu tun.»

«Wirst du mir helfen?»

«Das hat seinen Preis», sagte sie und rollte sich auf ihn.

«Und der wäre?»

«Du nimmst mich mit, wenn du gehst. Nach Miami.»

Dazu wird es nie kommen, dachte er; drum log er nur halb, als er sagte: «Wenn ich kann.»

«Wenn ich kann», äffte sie ihn nach und hockte sich auf ihn. «Was für ein Versprechen! Du nimmst mich mit. Dafür sorge ich.»

«Wie?», fragte Jorge.

Sie lachte, warf ihr Haar nach hinten, und bevor Jorge es verhindern konnte, war er wieder bei Catalina am Tag vor den Stromleitungen, und nichts von dem hier – nichts davon – war real.

«So», rief Gloria, «und so und so», jedoch aus weiter Ferne – wie die Schreie der Fußball spielenden Kinder vor dem Fenster im Rauschen der empfangsbereiten Frequenz untergingen.

8

Die erste Staffel Helikopter, die in Rautenformation über ihm hinwegzog, weckte ihn; sie wummerten das Tal hinunter nach Santa Rosa. Es war noch nicht ganz hell. Gloria war verschwunden. Seine Pistole war noch da, und er griff danach und blieb reglos unter der Decke liegen, als käme es darauf an. Positionslichter blitzten zwischen den Blättern des Laubdachs auf.

Es waren Kamov Werewolves, das Beste vom Besten; ihre gedrungenen Heckrotoren verrieten sie. Ihre Rotoren zerhackten die Luft mit einem etwas höheren Ton als die amerikanischen Hueys mit ihrem flachen Flapp-flapp-flapp. Die Vietnamveteranen, mit denen er in Honduras gearbeitet hatte, erkannten sie schon, wenn sie noch Meilen entfernt waren, hörten schon am Klang, wenn sie überholt werden mussten. Er wusste, dass die Fidelistas welche hatten, nur überraschte es ihn, dass sie sie hierher geschickt hatten. Sie flogen zu hoch für Aufklärer; wahrscheinlich kamen sie aus Arriaga und flogen zu Clementes Flugfeld.

Jorge stand auf und zog die Chinos an, die Felipe ihm geliehen hatte, doch da hörte er schon eine zweite Staffel kommen. Instinktiv ließ er sich auf sein Bettzeug fallen, obwohl er wusste, dass sie ihn nicht sehen konnten. Sie flogen in der gleichen Formation.

«Immer mit der Ruhe», sagte er, stand wieder auf und wartete auf die nächste Welle.

Verwegen, fand er; sie flogen so tief, dass eine kleine SAM sie heruntergeholt hätte. Vielleicht ein Köder. Er fragte sich, ob die Firma El Marichal mit etwas Ähnlichem ausgestattet hatte.

Aurelio, Luz und der Zigeuner waren am Höhleneingang aufgetaucht, mit Haaren, die flachgelegen waren oder ihnen in Büscheln vom Kopf abstanden. Sie linsten durchs Blätterdach, als würden noch weitere kommen.

«Ist das normal?», fragte Jorge.

«Nein», sagte Luz, mehr nicht. Ihr Atem roch nach Schlaf. Sichtlich verblüfft spähte sie in den Himmel wie jemand, der damit rechnet, dass der Blitz einschlagen wird.

«So viele hab ich noch nie gesehen», sagte Rafael. «Was sind das denn für welche?»

Jorge sagte es ihm.

«Die kenne ich nicht», sagte Aurelio, «und ich kenne alle Hubschrauber hier.»

«Wie viele hat Clemente auf dem Flugfeld?», fragte Jorge.

Luz und der Zigeuner wandten sich an Aurelio, der noch immer zum Himmel sah und sich auf die flappenden Rotoren konzentrierte. Der Lärm schien abzunehmen, dann wurde er wieder lauter, kam näher, ergänzt durch das Jammern von Turbinen.

«Rein», befahl Aurelio. Jorge wollte sagen, dazu bestehe kein Grund, es sei denn, sie hätten Thermokameras, aber er wollte sich nicht streiten – es war zu nebensächlich, es war früh, und es gab noch zu viel zu erledigen. Wie Rafael vor ihm duckte er sich unter der Decke und trat in die Höhle.

Felipe und Gloria saßen am Spieltisch, spielten Karten und tranken aus Blechdosen Kaffee. Sie lächelte Jorge an, dann hielt sie sich die Karten vor den Mund. Jorge sah sich nach Luz um, doch die stand an der Decke und linste hinaus. Es roch noch immer nach Öl und fettigen Zwiebeln. Nach Jorges Uhr war es kurz vor halb sechs.

«Noch vier, was?», sagte Felipe. «Das macht zwölf.»

«Wie viele hat Clemente auf dem Flugfeld?», fragte Aurelio den Alten.

Felipe musste nachdenken; mit den Kanten der Spielkarten kratzte er sich an seiner buschigen Augenbraue. «Neun, ohne diese.»

«Was für welche?», fragte Jorge.

«Sechs Hinds mit Raketenwerfern und drei leichte mit Maschinengewehren. Ich kann eine Karte der Hangars zeichnen.»

«Nicht nötig», sagte Luz. «Nur die Anzahl macht mir Sorgen.»

«Es sind unglaublich viele», sagte Rafael. «Und neue noch dazu.»

Aurelio stimmte zu. «Das ist nicht gut.»

«Mit Hubschraubern allein können sie nicht gewinnen», sagte Jorge. «Es geht um eine Stadt. Sie brauchen Männer. Felipe?» Er wies mit dem Kinn zur Decke hinüber.

Der Alte legte seine Karten ab und stand auf.

«Hier kannst du also nicht reden?», fragte Aurelio. «Man vertraut mir nicht mehr – mir, dem Abschnittskommandanten?»

«Du hast hier nicht das Kommando», sagte Luz. «Sondern ich.»

Aurelio schrumpfte vor ihren Augen. Als wäre das Jorges Schuld, wandte er sich an ihn, jedoch nicht wütend, sondern flehend, und Jorge sah, dass er aufgegeben hatte.

«Ich will nicht respektlos sein, Don Aurelio. Ich traue dir wie mir selbst. Ich habe meine Art zu befehlen, und du hast deine.»

«Deine Art gefällt mir nicht.»

«Was du davon hältst, ist unwichtig», sagte Luz.

«Bitte», sagte Jorge, um sie zu bremsen. Aurelio tat ihm Leid, und einen Streit unter Liebenden konnte er sich nicht leisten. «Ich rede später mit dir. Erst muss ich mit dem Alten reden.»

Er wandte sich ab, und Felipe schlug die Decke zurück.

Jorge führte den Alten die Stufen hinauf zu seiner Schlafstelle. Die Sonne ging auf, und der Dschungel begann zu dampfen. Er sah auf die Uhr; es blieben ihnen kaum noch achtundvierzig Stunden, und noch nichts war erreicht. Er versuchte sich zu entsinnen, was er als Erstes tun musste, aber alles überflutete ihn gleichzeitig – die *guardia*, die Fahrstühle, der Tontechniker. Sie würden den Moderator mitten in einem Song überfallen müssen.

«Wozu brauchst du mich?», fragte Felipe.

«Ich möchte, dass du die Straße von Arriaga observierst. Merk dir alles, was nach Santa Rosa hineinkommt. Laster, Panzer, Artillerie – alles.»

«Und wenn es nichts gibt?»

«Nichts gibt es bestimmt nicht, glaub mir.»

«Wie lange soll ich bleiben?»

«Rafael geht in die Stadt. Wenn er dort fertig ist, löst er dich ab. Länger als fünf, sechs Stunden wird es nicht dauern.»

«Ich verpasse das Mittagessen.»

«Dann nimm dir etwas mit. Geh jetzt. Und schick den Zigeuner raus.»

Vorsichtig streckte der Alte die Hand aus und griff nach Lianen, als er den steilen Hang hinunterging; und nach einer Weile kam Rafael heraufgetrottet. Auf sein Bajonett hatte er einen Granatapfel gespießt, an dem er knabberte. Seine Lippen waren rot, und im Gehen spuckte er die Kerne aus; einer verfing sich in seinen Koteletten. Was für eine Mannschaft, dachte Jorge. Kein Wunder, dass Oaks alles allein gemacht hat. Dennoch war das ein Fehler, den er vermeiden würde. Nicht Männer gewinnen einen Krieg, sagte Forbes; er wird durch Organisation gewonnen. Irgendwie würde er es schaffen, die Aufgaben, die erledigt werden mussten, auf sie zu verteilen. Das hatte er noch immer geschafft.

«Endlich», sagte Rafael, «endlich bittest du mich in dein Bett. Gloria ist dir wohl nicht genug, was? Sag bloß César nichts davon, sonst erschießt er dich.»

«Sind die beiden zusammen?», fragte Jorge.

«In seinen Gedanken schon. Das sieht man seinen Blicken an, seit Monaten bereits. Dann kommst du daher – der Große Ortega –, und sie legt sich hin wie Zuckerrohr bei der Ernte. Es ist ein Rätsel.»

«Er wird wütend sein.»

«Na und? Er ist ein Nichts, ein Mann, der nur aus Bohnen besteht. Warum holst du mich von meinem Frühstück fort?»

«Ich will, dass du die Wachen an der Station beobachtest. Ich muss wissen, wie viele dort sind und wann sie die Schicht wechseln.»

«Das wird den ganzen Tag und die ganze Nacht dauern.»

«Mich interessiert nur die Morgenschicht.»

«Ich brauche eine Uhr.»

Jorge nahm seine ab.

«Eine tolle Uhr», sagte Rafael.

«Sie gehörte meinem Vater.» Das stimmte nicht, aber er hatte schon zu viele Uhren auf diese Art verloren.

«Ich gebe gut auf sie Acht.»

«Wenn du fertig bist, löst du den Alten ab und beobachtest für mich die Straße.»

«Wie lange?»

«Bis es dunkel wird.»

«Das ist zu viel Arbeit für einen Mann. Schick Hector oder Teófilo.»

«Nein», sagte Jorge. «Dich. Es ist *muy importante,* und

du bist mein bester Mann, unter den gegebenen Umständen.»

«*Gracias*, Ortega. Du bist mein bester *comandante*.»

«Iss erst noch zu Ende. Ich will, dass du um halb sieben dort bist.»

«Und was tust du, während ich schufte wie ein Maulesel?»

«Ich besuche El Marichal.»

«Ah», sagte Rafael. «Gut. Er ist nicht so nutzlos wie unser *comandante*. Wer geht mit?»

«Er nicht. Dafür sorgt schon Luz.»

«Wer passt auf ihn auf?»

«Du sagst César beim Abstieg Bescheid, und wir sagen es Hector oben.»

«Wenn er verschwinden will, wird er es tun. Irgendwann musst du dich entscheiden.»

«Luz meint nein.»

«Meint Luz. Frag deine Gloria.»

«Habe ich schon», sagte Jorge.

«Und der Alte?» Rafael sah ihn an und verstand. «Das ist Demokratie, nicht – das, wofür wir kämpfen.»

«Nein», sagte Jorge, «das ist Krieg. Jetzt geh, ich brauche dich dort.»

Rafael schleuderte den Granatapfel in den Dschungel. «Hör auf mich», sagte er, «der Zigeuner sieht alles», und er ging davon.

Jorge räumte seinen Schlafplatz auf und sicherte seinen Rucksack; dann ging er zur Höhle hinunter. Es war schon heiß, die Moskitos summten ihm um den schweißnassen Hals. Er hoffte, dass Luz etwas Harmloses für Aurelio zu tun gefunden hatte, und für einen Moment fragte er sich, ob die Landung nur ein Ablenkungsmanöver war, ob sie geopfert werden sollten. Forbes würde ihn in null Komma nichts abhängen, das gehörte zum Deal. So ging das bis ganz nach oben. Sie fanden es großartig, dass der Papst zu Besuch kam und dass Castro tot war, aber darüber hinaus sahen sie keine Dringlichkeit. Offiziell hatten sie kein Interesse an Kuba, und jetzt, ohne die Sowjets, stimmte das auch inoffiziell, wenn man von ein paar alten Knackern in der Firma absah, die ihren Schweinebuchtklotz vom Bein haben wollten. Aber war er nicht genauso? Sein Vater würde nur darüber lachen, dass er in seiner Naivität bei denselben Leuten angeheuert hatte, die sie schon so viele Male zuvor hereingelegt hatten.

Solche Gedanken brachten nichts ein, und er schüttelte sie ab. Dies war keine mitternächtliche Stammtischsitzung beim Domino in Little Havana. Das hier war keine theoretische Sache. Er war hier, wo er immer hatte sein wollen, und das machte ihn glücklich.

War sein Vater denn nicht stolz gewesen auf sein Leben, zumindest auf den ehrenhaften Teil? Ich bin einer von den Good Guys, hatte er von sich gesagt, und er besaß die Orden, um das zu beweisen. Er hatte Leben gerettet, Sterbenden die Hand gehalten. Nach alldem ist das hier meine Chance, dachte Jorge.

Der Teich lag still da, die Felsen am Grund glitzerten, Wasser perlte über den Damm. Er schob die Decke beiseite und trat geduckt in das kühle Dämmerlicht der Höhle.

Ein winziger Mann, den er noch nie gesehen hatte, saß mit Luz am Tisch und besprach etwas mit ihr. Er trug einen Cowboyhut aus Stroh und ein Tuch um den Hals.

Seine Haut war von der Sonne gegerbt, und er trug einen lächerlich großen Schnurrbart, der an einen Kamm erinnerte. Auf seinem T-Shirt stand über einer bärbeißigen Bulldogge mit nietenbesetztem Halsband *Georgetown Hoyas.*

«Francisco», sagte Luz und wies auf Jorge. «Erzähl dem Ortega, was du gehört hast.»

«*Salud*», sagte der Mann mit eifrigem Nicken, und Jorge erwiderte den Gruß. «Ich komme aus Segovia. Im Norden geht das Gerücht, dass wir eine Offensive vorbereiten.»

«Wo?», fragte Jorge.

«Hier in Santa Rosa, in den Bergen.»

«Wo hast du das gehört?»

«Überall», sagte Francisco. «In den Cafés, in den Bordellen, überall, wo sich Soldaten herumtreiben. In der Stadt ist man nicht sicher. An jeder Straßenecke verlangen sie die Papiere.»

«Ist auf dem Flugfeld viel los?», fragte Luz.

«Enorm viel. Dort sind die ganzen Hubschrauber, die ihr jetzt seht. Sie sind vor zwei Tagen angekommen. Und hinter ihnen stehen Panzer und Luftabwehrgeschütze, habe ich gehört, und viele Männer. Heute Morgen kommt ein Truppentransport aus La Habana rein.»

Na, das war's dann, dachte Jorge. Wenn sie Bodentruppen ranschafften, würde es nicht klappen. Forbes konnte sie den ganzen Tag bombardieren, und es würde nichts ändern.

«Was hast du noch gehört?»

«Es gibt auch das Gerücht, dass wir versuchen werden, die Radiostation von Bustus Domecq zu besetzen.»

Aurelio lachte neben dem Feuer. «Er macht Witze, das ist ja wohl klar.»

«Lach nicht über mich», sagte der kleine Mann wütend. «Ich bin seit Segovia fünfmal angehalten worden.»

«Er entschuldigt sich», sagte Luz. «Aber diese Neuigkeiten sind einfach unglaublich. Hast du schon mit El Marichal gesprochen?»

«Ich bin zuerst zu dir gekommen. Man sagt, Clemente hat eine Belohnung auf den Kopf des *americano* ausgesetzt.»

«Auf welchen *americano*?», fragte Gloria.

«Auf ihn», sagte Francisco und reckte den Daumen in Jorges Richtung. «Habt ihr noch einen anderen?»

«Nennen sie seinen Namen?», fragte Luz.

«Nein, nur der *americano.*»

«Ich hoffe, die Belohnung ist nicht zu groß», sagte Rafael und tat so, als käme er in Versuchung. «Ich könnte ein Paar neue Stiefel brauchen.»

«Bringst du auch gute Nachrichten?», fragte Luz.

«Eine. Seit einer Woche ist jeden Morgen um sieben ein amerikanisches Flugzeug aufgetaucht. Ganz weit oben. Selbst im Fernglas ist es nur ein Fleck.»

«Woher weißt du, dass es ein amerikanisches ist?», fragte Jorge.

«Mein vietnamesischer Freund meint das, und er hat im Krieg viele davon gesehen.»

«Und die Regierung», fragte Aurelio und stellte einen Teller dampfender Bohnen vor ihm ab, «kann die dieses Flugzeug nicht sehen?»

«*No se*», sagte Francisco. Weiß nicht. Er schaufelte sich Bohnen in den Mund, dann hörte er plötzlich auf zu essen, als seien sie zu heiß. Gloria schob ihm ihren Kaffee hin, und er trank davon.

«Also ist es vorbei», sagte Aurelio.

«Was?», fragte Luz. «Nichts ist vorbei.»

«Sie wissen Bescheid», sagte Aurelio. «Das ist doch Wahnsinn.»

«Kümmere du dich ums Feuer. Ich höre dir nicht zu.»

«Kannst du dich nicht mit deinem *generalissimo* kurzschließen?», fragte Aurelio.

«Funkstille», sagte Jorge. Es war sinnlos; Forbes hatte Jahre gebraucht, um dies alles zusammenzubringen. Wie in jedem Krieg kam es nicht auf den Überraschungseffekt an, sondern auf den Willen – darauf, wie viel zu verlieren man bereit war. Forbes konnte es sich leisten, alles zu verlieren. Aus irgendeinem sonderbaren Grund heiterte dieser Gedanke Jorge auf; nichts zu verlieren zu haben – kannte er das nicht?

«Siehst du?», sagte Luz. «Wir haben keine Wahl.»

«Und ob ich sehe», sagte Aurelio und nickte grimmig. «Das ist ja das Problem – ich sehe alles sehr klar.»

«Das stimmt», sagte Luz, «du hast dich in eine alte Hexe verwandelt», und er wandte sich ab und ging zurück ans Feuer.

Francisco rührte in seinen Bohnen und begann wieder zu essen. Mit jeder Gabel kippte die Krempe seines Strohhuts vor, und sein Schnurrbart wurde feucht. Er aß ohne Unterbrechung, wie ein Landarbeiter, und dafür hielt ihn Jorge auch. Die anderen schauten zu, als gäbe es ein Spektakel. Jorge fragte sich, ob sich durch die Neuigkeiten etwas verändert hatte. Er sah sich am Tisch um, blickte zu Rafael, zu Gloria und Luz hinüber, zu Felipe, der seine gerösteten Zwiebeln in eine verbrannte Tortilla füllte, und hatte nicht den Eindruck. In diesem Augenblick hörte er den langen, leisen Anflug einer weiteren Hubschrauberstaffel.

9

Er zählte vierundzwanzig, alles Werewolves. Luz tat so, als wären sie nicht vorhanden, ging jedoch jedes Mal, wenn eine Welle über sie hinwegflog, in den hinteren Teil der Höhle, als fühle sie sich dort sicherer. Sie trug Aurelio und Francisco auf, die alten Funkgeräte gründlich zu überprüfen, und Jorge war beeindruckt. Es musste wirklich erledigt werden, und Aurelio war sichtlich froh, dass Jorge nicht darauf bestand, die Überprüfung selbst vorzunehmen.

Nur sie drei hielten sich in der Höhle auf – Jorge, Gloria und Luz; Felipe und Rafael waren unterwegs ins Tal. Es würde einige Stunden dauern, zu El Marichal zu gelangen. Jorge half Gloria, Wegzehrung einzupacken. Ihre Schultern berührten sich; dann ging sie mit den schmutzigen Tellern und Dosen zum Teich hinunter. Luz stocherte in der Asche und verteilte die Glut. Sie warteten nur noch auf César, der von unten heraufkommen sollte, um Jorges Rucksack zu bewachen.

«Hast du mit ihr geschlafen?», fragte Luz.

«Sie hat mit mir geschlafen.»

«Das ist das Gleiche. Aber keine Liebe.» Es kränkte ihn, dass sie das mit so bitterer Gewissheit aussprach.

«Woher weißt du das?»

«Du bist kein Junge mehr», sagte Luz und trat mit dem Stiefel nach einem glühenden Stück Kohle. «Man weiß es eben. Immer.»

«Dann bin ich vielleicht doch ein Junge.»

«Hast du ihr versprochen, sie mitzunehmen? Das verlangt sie von jedem.»

«Ich habe gesagt, ich will's versuchen.»

«*Tonto*!», rief sie und wandte sich ihm zu. «Hab ich's dir nicht gesagt, du Dummkopf? Ich brauche sie noch, wenn du fort bist.»

«Ich glaube nicht, dass ich noch einmal von hier fortgehe», sagte Jorge.

Luz spuckte in die Asche. «Ich weine um dich, *americano*! Du denkst nur an dein eigenes Glück.»

«Ich fand, es ist besser für sie, wenn ich ja sage.»

«Also sagst du, was dir gerade passt. Du hast keine Ehre. Vielleicht bist du wirklich noch ein Junge.»

«Ich dachte, es würde niemandem schaden.»

«So? Dann hör mal zu», sagte sie, doch bevor sie ihren Satz beenden konnte, ließ die Decke einen Lichtstrahl ein, und Gloria kam mit einem Netz voll tropfenden Geschirrs in die Höhle.

«César ist da», meldete sie. Sie trocknete die Dosen aus dem Netz mit einem geblümten Geschirrtuch ab und stellte sie auf den Wandsims.

«Du weißt, was ich davon halte», sagte Luz gelassen, als hätten sie sich in aller Ruhe unterhalten. «Zumindest darin waren wir uns doch einig.»

«Ja», antwortete er und ging hinüber, um Gloria zu helfen.

César kam im Tarnanzug herein, mit einer Mac-10 bewaffnet. Mit seinem Igelschnitt, dem Goldzahn und der Zigarette im Mundwinkel sah er aus wie ein Statist in einem billigen Vietnamfilm. Gloria drehte sich zur Ablage um, damit sie ihn nicht anschauen musste. Jorge fragte sich, woher er stammen mochte – aus einer Kleinbauernfamilie, Zuckerrohrpflanzer vielleicht, die man in ein Kollektiv gezwungen hatte – und wie er an Gloria geraten war. Was hatte er ihr bedeutet, und was bedeutete er ihr jetzt?

«Kleiner Ortega, hast du die hübschen Werewolves gesehen?»

«Wie viele hast *du* gezählt?», fragte Jorge.

«Vierundzwanzig. Glaubst du, die kommen unseretwegen?»

«Sie brauchen immer noch Leute, um die Stadt zu halten.»

«Wie viele hat Forbes?» Er sprach zwar mit Jorge, ließ aber Gloria nicht aus den Augen, und unwillkürlich stellte Jorge sich so, dass er sie abschirmte.

«Selbst wenn ich es wüsste, würde ich es dir nicht sagen.»

«Vielleicht auch besser so.» Er legte die Waffe auf den Spieltisch, rührte in dem Rest von Jorges Kaffee und nahm einen Schluck. «Wo ist der *comandante*?»

«Bei seinen Lieblingen», sagte Luz. «Und hör auf, ihn so zu nennen.»

«Ich nehme an, du bist der neue *comandante*.»

«Ja», sagte Luz.

«*Ay*, der heilige Rosario möge uns beschützen. Du bist gerissen wie ein Bulle. Aurelio ist zwar ein Feigling, aber er denkt immer noch wie eine Ratte.»

«Vertraust du ihm?», fragte Gloria, und César sah Luz an.

«Das ist keine Frage des Vertrauens», erwiderte César, «sondern der Verzweiflung.»

«Halt den Mund», befahl Luz. «Hier wird jetzt nicht diskutiert. Deinetwegen kommen wir noch zu spät zu El Marichal.»

«Komm», sagte Jorge. «Ich zeige dir, wo es ist.»

«Das gefällt mir nicht», sagte César draußen, als sie den Pfad über dem Höhleneingang hinaufstiegen. «Dieser ganze Wahnsinn. Allmählich denke ich wie Aurelio.»

«Wie das?»

«Ich glaube, die Station ist ein Fehler. Sie warten schon auf uns. Irgendwas ist da schief gelaufen.»

«Irgendetwas läuft immer schief.»

«Schon, aber das sind die ersten Werewolves, die ich hier gesehen habe. Wenn wir gegen so eine Übermacht kämpfen müssen, dann brauchen wir Aurelio. Er kann seitwärts denken; Luz denkt immer nur geradeaus.»

Sie kamen bei dem Rucksack an; eine Plane deckte ihn ab, und die Gurte waren um den Stamm eines Banyanbaums geschlungen und mit einem Vorhängeschloss gesichert.

«Und wie denke ich?», fragte Jorge.

«Kann ich nicht sagen. Ich kenne dich nicht.»

«Wie sollte ich denn denken?», fragte Jorge. «Wenn du an meiner Stelle wärst.»

César lachte grimmig. «Was für eine faire Frage.» Er blickte durch das Laubdach zu dem fast weißen Himmel hinauf, dann sah er wieder Jorge an. «Ich an deiner Stelle», sagte er, «ich würde überhaupt nicht denken.»

10

Sie stiegen steil bergan, bis der Dschungel kahlen, mit Vogelkot befleckten Granitgraten wich und die Sonne hoch über ihnen stand. Sie folgten dem Kamm ostwärts, und dramatisch breitete sich die Landschaft zu beiden Seiten aus. Im Süden lag das Meer blau und flach wie ein Tisch da, mit scharf gezeichnetem Horizont; im Norden lagen Arriaga und die adrett angelegten Kanäle und Zuckerrohrfelder, mit Palmen punktiert. Luz suchte einen Felsvorsprung mit Blick aufs Tal aus, und sie ließen die Beine über den Rand baumeln und packten ihre Tortillas aus. Luz reichte ihnen Limonenscheiben, deren Saft sie über die Ziegenfleischstreifen träufelten. Jorge klebte das Hemd am Körper; an Gloria nahm er nur wahr, dass ihre Haut über dem Mund ein wenig glänzte. Beide Frauen hatten sich die Haare unter olivbraune Käppis gesteckt, unter denen ein paar Strähnen hervorwippten. Das Ziegenfleisch war zäh, aber würzig.

«Wie weit ist es noch?», fragte er.

«Noch zwei Stunden», sagte Luz und deutete mit der Hand ins Tal hinunter.

Jorge wollte auf die Uhr schauen, doch die war mit Rafael verschwunden.

«Wir hätten die Pferde nehmen sollen», sagte Gloria.

«Und den Umweg rund um den Berg machen? So ist es sicherer, vor allem bei den Hubschraubern.»

Eine Weile aßen sie schweigend und reichten eine Feldflasche herum. Der Felsen war heiß. Eine Brise kühlte das nasse Haar in Jorges Nacken. In weiter Entfernung pustete eine Zuckermühle Spielzeugwolken in die Luft. Das erinnerte ihn an damals, als der Professor ihn in die Berge oberhalb von San Salvador mitgenommen hatte, an die Stromleitungen, die das Tal überquerten, an die Masten, die sich endlos wiederholten. Sie mussten sich für einen entscheiden, den sie sprengen wollten. Vor Höhenangst hatte Catalina ihm fast die Hand zerdrückt.

«Glaubst du, es klappt?», fragte Gloria.

«Was?», fragte Luz.

«Die Landung. Glaubst du, sie gelingt?»

«Was für eine Frage», sagte Luz. «Frag ihn.»

Gloria wandte sich an Jorge, und ihm fiel wieder ein, dass Luz ihm vorgeworfen hatte, er denke nur an sein eigenes Glück.

«Wer weiß?», sagte er. «Alles ist möglich.»

«Wie tröstlich.»

«Aber die Wahrheit», sagte Jorge.

«Mehr kannst du nicht verlangen», sagte Luz, aber Gloria fand dies offenbar nicht überzeugend.

«Du hättest ja sagen sollen», schalt sie ihn.

«*Qué va*», sagte Luz und stand auf. «Du solltest froh sein. Wenn ein Mann dir die Wahrheit sagt, ist das ein Glückstag.»

Gloria schloss die Feldflasche und stand ebenfalls auf. «Wie traurig. Als ich noch schön war, haben sie mich immer belogen.»

«Das tun sie auch jetzt noch», sagte Luz. «Nur Ortega ist nicht besonders gut darin.»

«Danke», sagte Jorge.

«Siehst du? Ich beleidige ihn, und er dankt mir. Da hast du einen echten *americano*.»

Sie schulterten ihre Rucksäcke und sahen sich prüfend

um. Luz mit ihrem Wanderstock ging voraus, Gloria folgte. Jorge wollte wieder auf die Uhr sehen und seufzte.

Sie folgten dem Kamm noch einige Meilen. An einer Stelle mussten sie auf einer Hängebrücke einen Abgrund überqueren; tief zwischen den Felsen lag ein toter Klammeraffe, dem Krähen die Haut vom Rücken hackten. Luz bekreuzigte sich, Gloria schüttelte nur den Kopf.

«Alles ist möglich», äffte sie Jorge nach.

Später hielten sie an, um zu trinken. Das Tal hatte sich nicht bewegt – dieselben Plantagen, dieselbe Mühle, die eine weiße Wolke in den Himmel pustete. Weit draußen auf See verwischte eine dunkle Wolkenwand den Horizont. Jorge leerte die Feldflasche und sagte nichts. Die Hurrikanzeit begann erst in einem Monat. Für einen eventuellen Wetterumschwung bestanden keine Pläne; die Sache lief auf jeden Fall.

«Da kommt es», sagte Gloria.

«Es wird vorbeiziehen», sagte Luz unsicher, hakte die Feldflasche an ihren Gürtel und ging los.

Ein Stück weiter ging es sanft bergab, der Grat wurde breiter und wich wieder dichtem Dschungel. Unter dem Laubdach stand die Luft, es roch nach Orchideen und Brackwasser, und Jorge wünschte, er hätte mehr als nur seine Pistole bei sich. Gebüsch mit gezackten Blättern bedrängte sie von beiden Seiten, zerrte an ihnen. Luz ging nun langsamer und konzentrierte sich mit gesenktem Kopf auf den Pfad. Dann blieb sie stehen.

«Da.» Sie wies zu ihren Füßen auf ein Muster aus abgeschnittenen Ranken. Sie waren so gelegt, als sollten sie ein Spielbrett markieren, mit einem Moosklumpen in der Mitte. «Ein Schlüssel zur Tagesparole», erklärte sie Gloria.

Von nun an ging es fast nur noch bergab. Immer wieder gabelte sich der Pfad, doch Luz kannte den Weg. Jorge versuchte, ihn sich einzuprägen, für den Fall, dass ihr etwas zustieß, doch das war unmöglich. Sie kamen über einen Bergsattel, und das Land wurde flacher, ging in sanft wogende Hügel über. Sie überquerten einen Bach, der mit Steinen eingedämmt worden war, gingen durch einen morastigen Mangrovenwald und hatten plötzlich die Talsohle vor sich, meilenweit nur mannshohes Zuckerrohr.

Luz wies auf einen seichten Kanal, und sie wateten hindurch. Wasser sickerte Jorge in die Stiefel, der Schlamm zog daran wie mit vervielfachter Schwerkraft. Jeder Schritt wirbelte Schwaden von Käfern auf. Zu beiden Seiten ragten Wände von Zuckerrohr empor; Jorge fühlte sich wie in einem Irrgarten. Vor ihnen kreuzte ein anderer Kanal den ihren, und Luz bog nach links ab.

«Halt», sagte ein Mann. Aus dem Dickicht lugte der Lauf eines AK und zielte auf Luz' Gesicht. «Parole.»

«*Cepeda*», sagte sie, und der Lauf wurde gesenkt. Ein massiger Mann mit einem kleinen Ziegenbart trat hinaus ins Wasser und umarmte Luz. Mit seiner Sportsonnenbrille und der Goldkette um den Hals sah er aus wie der Saxophonist in einer Tanzkapelle; nur das Bowlinghemd fehlte.

«Gloria», sagte er und nickte respektvoll.

«Pasquale, das hier ist Ortega», sagte Luz.

«Es ist uns eine Ehre, *camarada*», sagte der massige Mann. «Mögest du den Erfolg genießen, den dein Name verheißt.» Er führte sie ins Zuckerrohr und auf einen Pfad.

«Du siehst, Jorge», sagte Gloria, «hier hast du es mit einem Mann zu tun, der zu reden versteht.»

«Was für eine geschmeidige Zunge», sagte Luz. «Das kommt davon, wenn man den ganzen Tag im Zuckerrohr sitzt und Gedichte liest. Was liest du denn heute?»

«Den *inglés,* Lord Byron. *Muy romantico.*»

«Hast du für uns vielleicht auch ein paar von deinen eigenen?»

«Heute nicht», sagte Pasquale. «Wir sind mit den Vorbereitungen beschäftigt.»

«Wo ist der alte Mann?»

«Am Kommandostand.»

«Wo war er gestern Nacht?»

«In Arriaga. Um sich die Hubschrauber anzuschauen. Habt ihr sie gesehen?»

«Alle vierundzwanzig.»

Pasquale blieb stehen und sah sie an. «Sechsunddreißig.»

«Na toll», sagte Luz.

Gloria wandte sich zu Jorge um, sagte aber nichts.

Im Rascheln der verdorrten Triebe unter ihren Füßen gingen sie weiter. Vor ihnen ragte eine zerstörte Mühle auf; das Blechdach war am Rand verrostet, die Regenrinnen waren verbogen, eine Veranda hing in einem komischen Winkel herab. Über die zerbrochenen Fenster wucherten Ranken und Gestrüpp. Eine rostige Kette hielt zwei große Garagentore zusammen, aber Pasquale schob ein Wellblechpaneel beiseite und führte sie hinein, wobei er immer wieder dieselben drei Töne pfiff, bis jemand von oben darauf antwortete.

Das Erdgeschoss stand voll verrosteter Maschinen – Förderbänder, die zu Rutschen führten, welche in riesigen Trichtern mündeten. Über ihnen stand auf einer offenen Laufplanke ein gebeugter weißhaariger Mann in schwarzem Anzug. Er winkte ihnen schwach zu. «*Hola*», sagte er. Das Wort hallte metallisch wider, und er ging zurück in sein Zimmer.

Über eine Eisenleiter, von der unter ihren Händen Rost abblätterte, stiegen sie hinauf. Die Räume oben waren Büros. Während sie nacheinander eintraten, blieb Pasquale an der Tür stehen wie ein Portier.

Der Mann im Anzug saß wie ein leitender Angestellter hinter einem Schreibtisch. Offensichtlich war er El Marichal; niemand sonst war da. Er hatte grüne Augen wie eine Katze und trug eine imposante goldene Rolex. An den Wänden hingen Geländekarten des Tals – von Segovia, Arriaga, Santa Rosa. Vier Stühle warteten auf sie. Pasquale stand noch immer wie ein Diener an der Tür. Der Mann nickte, und Pasquale ging.

«Wo sind die anderen?», fragte Luz.

«Sie schlafen», sagte der alte Mann. Er sprach nur mit einer Mundhälfte, wie nach einem Schlaganfall. «Sie hatten letzte Nacht in Segovia zu tun. Am Morgen kommt ein Zug, heißt es.»

«Haben wir gehört», antwortete Luz. «Pasquale sagt, es sind noch zwölf Hubschrauber dazugekommen.»

«Auf die Hubschrauber kommt es nicht an», sagte der alte Mann zu Jorges Befriedigung. «Sondern auf die Männer und die Waffen. Die Waffen holen wir uns, und wir gewinnen, so einfach ist das. Die Amerikaner können nach Hause gehen.»

«Unmöglich», sagte Luz. «Ein ganzer Zug.»

«Wir werden vorsichtig sein.» Sein Blick wanderte zu Jorge. «Ich habe den Verdacht, sie sind deinetwegen hier, *niño*.»

«Verzeih, Marichal», sagte Luz, «aber sei nicht respektlos. Er ist der Sohn von –»

«Der Sohn des Sohnes meines guten Freundes. Ja, das sehe ich. Ich nenne ihn *niño,* weil er wie ein Enkel für mich ist, wie mein eigen Blut. Nicht um mich lustig zu machen – niemals. Weißt du denn auch, *niño,* dass du das Blut eines ganzen Landes in dir trägst?»

«Das weiß ich schon sehr lange.» Und damit sagte Jorge die Wahrheit, obwohl er es gerade zum ersten Mal gehört hatte. Er hatte es gewusst, seit ihm sein Vater erstmals von Mariel und Galindo und San Ramos erzählt hatte – über die Schweinebucht hatte er nicht reden wollen, sondern nur ausgespuckt, wenn jemand Kennedy erwähnte.

«Was geschehen wird», sagte El Marichal, «wird geschehen. Es steht in keines Menschen Macht. Aber du bist Ortega, und viele werden dich beobachten. Wie immer es endet, sie werden ihren Söhnen und Töchtern von dem Tag erzählen, an dem Ortega nach Santa Rosa zurückkam.»

«Ich weiß», sagte Jorge.

«Ich möchte gewiss sein, dass du es weißt.»

«Das brauchst du mir nicht zu sagen.»

«Das freut mich.» Nun wandte er sich wieder Luz zu, so kühl, als ginge es darum, jemanden einzustellen. Er wies auf den leeren Stuhl. «Aurelio ist nicht bei euch.»

«Er muss die Funkgeräte überprüfen. Wir haben nur bis Montag Zeit.»

«Ist er unzuverlässig geworden?»

«Nein», sagte Luz. «Er hat es nur mit den Nerven. Das ist nicht dasselbe.»

«Ich verstehe», sagte El Marichal. «Sag ihm bitte, ich

hätte ihn vermisst.» Er beugte sich vor, zog eine Schublade auf und holte erst ein Brandyglas hervor, dann zwei weitere. Er blies den Staub von den Gläsern, entkorkte eine grüne Flasche und schenkte eine bernsteinfarbene Flüssigkeit ein. Er nahm ein Glas und erhob sich, und sie taten es ihm nach.

Er stieß mit Jorge an. «Auf deinen Großvater.» Er nahm einen Schluck, setzte sich wieder und schwenkte den restlichen Brandy im Glas. Sofort wurde Jorge ein wenig schwindlig von dem Alkohol, der ihm heiß und süß durch die Kehle strömte. «Aber du bist gekommen, um mich um etwas zu bitten. Und das fällt dir schwer, nicht wahr?»

Luz sah Jorge an, wie um zu fragen, ob er nun die Gesprächsführung übernehmen wolle. Jorge wartete, bis sie es aufgab.

«Marichal», sagte sie, «wir brauchen ein paar Mann.»

«Ein paar?»

«So wie du uns für das Umspannwerk gebraucht hast.»

«Ich bin euch verpflichtet, ich weiß, nur sind wir in einer schwierigen Phase. Wie viele würdet ihr brauchen?»

Luz sah Jorge an.

«Vier», sagte Jorge.

«Du bekommst sie.»

«Und Waffen», sagte Luz. «Leichte, schwere, alles, was du erübrigen kannst.»

«Nach der Sache mit dem Zug werden wir zu viele haben. Dann könnt ihr euch nehmen, was ihr braucht.»

«Können wir jetzt welche mitnehmen?», fragte Jorge.

«Morgen. Wir brauchen alles für den Vormittag.»

«Hast du rückschlagfreie Gewehre?»

«Eins. Und eine leichte Panzerwaffe. Ich gebe euch die Männer dazu, aber erst morgen.» Er lächelte und lehnte sich zurück, als sei nun alles geklärt. «Hast du wirklich an mir gezweifelt?»

«Nein», sagte Luz.

«Ich bin alt, aber ich vergesse nie.»

Sie dankten ihm, und gemeinsam tranken sie den Brandy aus. Nun wandte sich El Marichal an Gloria.

«Und du, was hast du zu sagen? Du legst fünfzehn Meilen zu Fuß zurück, nur um zwischen diesen beiden zu sitzen?»

«Ich soll hier zuhören», sagte Gloria, «damit mir nichts entgeht.»

«Wozu?»

«Damit ich die Arbeit eines Tages übernehmen kann.»

«Wenn ich nicht mehr da bin», sagte Luz. Jorges Blick übersah sie.

«Warum?», fragte El Marichal. «Wo willst du hin?»

«Wohin wohl?», erwiderte Luz. «Dorthin, wo du auch hingehst. Nur dass ich schneller dort sein werde.»

«Wie das?», fragte der alte Mann.

«Ich nehme den Hubschrauber. Du nimmst nur den Zug.»

11

Kaum waren sie im Freien, begann es zu regnen. Die Tropfen tüpfelten die stehenden Kanäle. Der tiefe Himmel wandelte sich rasch, Wolken zeigten ihre dunklen

Bäuche und barsten. Pasquale war wieder auf seinem Posten; er streckte den Kopf aus dem Zuckerrohr, um ihnen Glück zu wünschen, und beinahe hätte Jorge auf ihn geschossen.

«*Tonto*!», schimpfte Luz und schlug Jorge auf den Arm.

«Ist nichts weiter», versicherte Pasquale, aber Luz brachte Jorge dazu, dass er sich zweimal entschuldigte, bevor sie weitergingen, und dann patschten sie wortlos durch den Mangrovenwald, als sei der ganze Tag schief gelaufen.

Das Blätterdach schützte sie; der Regen floss an den Stämmen entlang hinab oder wurde von den Blättern abgeleitet. Luz war immer noch wütend auf Jorge und hetzte derart bergan, dass er außer Atem kam. Der Pfad wurde glitschig, und ihre Stiefel verwandelten die Erde in Schlamm. An einer Weggabelung blieben sie stehen. Luz legte den Moosklumpen in ein Eckfeld und zeigte Gloria, wie man die Parole änderte. Jorge wollte um einen Schluck Wasser bitten, aber sein Stolz hielt ihn davon ab. Beim Aufstieg hatte er den Eindruck, die Luft werde dünner. Gloria sah sich immer wieder nach ihm um, als fiele er zurück. Wie lange hielten sie sich schon in diesen Bergen auf? Ihr ganzes Leben, dachte Jorge.

Auf dem Grat goss es in Strömen. Der Dschungel wich zurück, und plötzlich befanden sie sich in den Wolken; das Meer und das Tal waren verschwunden. Die Tropfen waren schwer, und Jorge sehnte sich nach einer Kopfbedeckung. Ihm tränten die Augen von dem Wind, dem sie sich entgegenstemmen mussten. Die Seilbrücke war nun schlüpfrig, der Affe darunter nicht mehr zu sehen. Vor sich sah Jorge die Konturen von Glorias Schultern, die sich kantig unter ihrer Bluse abzeichneten, und er fragte sich, ob ihr klar war, dass Luz sich nicht täuschen ließ, dass eine Frau wie sie es wusste, wenn zwei miteinander schliefen. Es ist sinnlos, dachte er; keiner von ihnen würde irgendwo hingehen.

Bergab wurde es schwieriger. Zweimal stürzte Luz schwer, beim zweiten Mal schlug ihr die Feldflasche gegen die Hüfte. Sie biss die Zähne zusammen und schlug mit der Faust in den Schlamm. «Verdammter Mistkerl!» Sie halfen ihr auf, und Luz hinkte ein paar Schritte, stützte sich dann an den Stamm einer Palme, beugte sich vor und fluchte leise. Jorge wollte, dass sie lachte, und sagte, es sei nichts passiert; er konnte es sich nicht leisten, sie zu verlieren, und das wusste sie. Aber sie spuckte und zischte weiter und machte ihr Pech der Welt zum Vorwurf.

Den Rest des Weges legten sie langsam zurück. Sie versuchten, Luz zu entlasten, sie von beiden Seiten zu stützen. Es war fast dunkel, als sie auf Teófilo stießen, der hinter einem Felsen kauerte; das letzte Tageslicht spiegelte sich in seiner Sonnenbrille. Fast hätte Jorge aufgelacht. Kaum hatte Teófilo sie gesehen, rannte er, das AK über der Schulter, herbei, um Luz zu helfen. Er war durchnässt, und seine Fettpolster zeichneten sich deutlich unter dem T-Shirt ab.

«Idiot! Schwachkopf!», beschimpfte sie ihn. «Frag nach der Parole! Wir könnten sonst wer sein.»

Er entschuldigte sich und kniete nieder, um sie auf die Arme zu nehmen und zu tragen.

«Frag danach!», sagte sie, obwohl er sie bereits trug,

und er tat es. «Zu spät. Du bist tot, und das Lager ist in Gefahr.»

«Ich hab doch gesehen, dass ihr es seid», verteidigte sich Teófilo schwach.

«Nichtsnutz! Raupe!» Sie hörte nicht auf, bis sie auf César stießen.

«Parole», rief er, im Unterholz verborgen.

«Halt die Schnauze», sagte Luz. «Ich hab mich verletzt.» Teófilo zögerte, aber sie befahl ihm weiterzugehen.

César trat vor, einen Poncho über seiner Waffe. Von der schmalen Krempe der Kapuze tropfte das Wasser. «Ich übergebe dir das Kommando über deinen Rucksack», sagte er, und Jorge dankte ihm, froh über diesen Beweis von Loyalität.

Auf der Plane standen Pfützen. Während die anderen sich auf die Höhle zubewegten, kniete Jorge sich hin, gab die Kombinationen ein und löste die Gurte vom Baum. Am Morgen musste er das Funkgerät überprüfen. Heute Nacht würde er sich die Karte vom Hafen anschauen und bestimmen, wo er seine Späher platzieren musste. Er hatte zwar noch nicht richtig darüber nachgedacht, sich aber bereits für César und Rafael entschieden; ein Kompromiss. Ihre Waffen würden ihm fehlen, aber es gab nicht den Hauch einer Chance, dass Teófilo lang genug am Leben bliebe, um Jorge die Informationen zu liefern, die er brauchte. Aurelio schied aus. Die einzige andere Möglichkeit war Hector, aber der war jung, und selbst ohne Kopftuch würde er mit seiner Narbe auf der Nase in jeder Menschenmenge auffallen. Im Grunde waren sie alle unbekannte Größen, aber Jorge konnte nicht sehr wählerisch sein. Das bereitete ihm Sorgen. Nachdem sich Luz die Hüfte verletzt hatte, sah es ganz so aus, als würde er die Station mit Hector, Teófilo, Gloria und dem Alten einnehmen müssen. Falls El Marichal durchkam, würde er ein paar seiner Männer abtreten, aber das stand noch nicht fest; erst mussten sie noch den Zug einnehmen, und Jorge glaubte nicht, dass sie es schafften. Fast hätte er ihnen sein Funkgerät und etwas von dem Plastiksprengstoff angeboten, hatte sich dann aber eines Besseren besonnen.

Aurelio kannte die Funkgeräte, kannte den Hafen. Das würde Rafael freisetzen, der im Gebäude selbst ausgesprochen nützlich wäre. Wenn er selbst, Gloria, der Alte und Rafael zusammenarbeiteten, hätten sie eine Chance; aber das hieße, Aurelio zu vertrauen. Das konnte Jorge nicht riskieren.

Ob Forbes wohl die Situation kannte, in die er ihn gebracht hatte? Wahrscheinlich nicht, dachte Jorge und schulterte den Rucksack. Als er jedoch zum Höhleneingang hinunterstieg, ging ihm durch den Kopf, dass das vielleicht nur Wunschdenken war. Forbes hatte gerade genügend Abstand, um sich ein klares Bild zu verschaffen. Aber kam es denn letztlich darauf an? Man sollte es hinnehmen wie den Regen – am besten dachte man nicht darüber nach und versuchte nur, seinen Job zu erledigen.

Die Decke war dunkel und durchgeweicht; sie fühlte sich kalt an, als er sie beiseite schob. Aurelio und Francisco saßen am Tisch und prosteten einander mit Rum zu; als sie Jorge sahen, drehten sie sich um und hoben lachend ihre Dosen. Sie hatten trockene Sachen an und waren bereits angetrunken; Franciscos Hut saß schief. Luz lag auf einer Bettstatt am Feuer, Gloria und Teófilo kümmerten sich um sie.

«Auf den mutigen Ortega, *generalissimo* von Miami Beach!», krähte Aurelio.

César spuckte ihn an. «Schwein. Verräter.»

«*Chupa ma pinga.*» Aurelio machte Knutschgeräusche in seine Richtung.

«Kümmer dich nicht um ihn», rief Luz. «Er ist betrunken.»

César setzte sich ihm gegenüber. «Du sitzt auf deinem fetten Hintern, während wir draußen für dich kämpfen.»

«Kämpfen? Sieht eher so aus, als würdest du im Regen stehen.»

«Willst du mal sehen, wie man kämpft?»

Nun griff Jorge ein. «Haltet mal kurz den Rand», sagte er. «Wo sind Felipe und der Zigeuner?»

Francisco sah betrunken unter seinem Hut hervor. Er strich sich über den Schnurrbart, als denke er nach, und sah sich in der Höhle um. «Hier sind sie nicht.»

«Habt ihr sie gesehen?»

«Nein», sagte Aurelio und schenkte sich nach. «Sie sind schon den ganzen Tag fort.»

«Der Alte müsste inzwischen zurück sein», sagte César.

«Das sieht ihm nicht ähnlich», setzte Gloria hinzu.

«Er hat wahrscheinlich einen kleinen Jungen gefunden, mit dem er spielen kann.»

«Halt die Schnauze!» César schlug auf den Tisch.

Aurelio lachte.

«Er ist betrunken», rief Luz noch einmal, wie um ihn zu beschützen.

«Steht Hector unten Wache?», fragte Jorge.

«Am Hauptpfad», sagte César.

Teófilo kam aus dem Hintergrund und bot an, mit Jorge zu gehen.

«Allein ist es einfacher», sagte Jorge. Er sah sich nach Gloria um; auch Luz tauschte einen Blick mit ihm. Ja, nickte er, er werde vorsichtig sein.

Draußen wirkte der Teich bräunlich, Blasen schwebten auf der Oberfläche und glitten über den Damm. Es dämmerte, und Jorge konnte nur die Umrisse der Bäume erkennen. Ein Bach schoss durch die Schlucht, sein Wasser prallte auf Felsvorsprünge und verteilte sich, was das Gehen schwierig machte. Jorge ging geduckt, die Pistole in der Hand, und lauschte im Regen auf sonstige Geräusche. Er hätte den Alten bitten sollen, ihm einen anderen Pfad vom Hauptweg hinauf zu zeigen. Wenn sie ihm nur noch ein paar Tage mehr gegeben hätten, dachte er und verscheuchte diesen Gedanken dann bewusst. Es war ein schlechtes Zeichen, wenn er sich bereits nachträglich Ratschläge gab.

Wenn El Marichal den Zug anhalten konnte, dann vielleicht, aber nur vielleicht …

Er erreichte den Rand des Pfades. Er war schlammig, und Jorge dachte an die Fußspuren, die er hinterlassen würde. Ein paar Hundert Meter ging er parallel zum Pfad, überquerte ihn dann, rückwärts gehend und bemüht, seine Stiefelabdrücke in einem Gewirr von Hufabdrücken verschwinden zu lassen. Dann kehrte er durch dichtes Gestrüpp zurück; nun trat er platt auf und schob das hohe Gras mit den Knien beiseite.

Vor ihm und über ihm hockte Hector als schwarzer Schemen, der sich vor den Wolken abzeichnete, in der

Astgabel eines Guavenbaums und spähte den Berg hinab, das Kopftuch glatt wie eine Glatze. Jorge stieß den Ruf eines Aras aus, und Hector wirbelte herum wie ein Eichhörnchen und richtete sein AK auf Jorge.

«Was ist denn das für ein *yanqui*-Vogel?»

«Der Schlafvogel», erwiderte Jorge. «Der Vogel, der zu lange Wache gehalten hat.»

«Das liegt am Wetter», sagte der Junge und wedelte mit einer Hand im Regen.

«Tot bist du trotzdem.»

«Zugegeben.»

«Hast du Felipe gesehen?»

«Vor Stunden. Er ist mit dem Zigeuner hinuntergegangen.»

«Seitdem nicht mehr?»

«Hier war niemand, nicht mal der abendliche Kundschafter. In so einer Nacht sollte man am Feuer sitzen und trinken. Greifen wir bei solchem Wetter an?»

«Der Regen bringt Glück», log Jorge. «Er nimmt Clemente seine Hubschrauber.»

«Und was ist mit unseren Hubschraubern? Haben wir überhaupt welche?»

«Die Straßen bleiben frei.»

«Der Verkehr ist stark, wenn es regnet», erwiderte Hector.

«Er nimmt ihnen die Hubschrauber, das reicht. Dann kommt es nur auf die Männer an, wie immer.»

«Wir werden mehr Männer haben – aber nur wenn die Landung klappt. Es hängt also wieder alles von der Radiostation ab.» Hector runzelte die Stirn. «Woran erkennst du denn, dass du das Zeichen geben musst?»

«Wenn die Landungsboote mit offenen Schotten angelandet sind.»

«Und wenn es nur ein paar schaffen?»

«Wenn die Hälfte es schafft, gebe ich das Zeichen.»

«Und das reicht?»

«Das hängt von dem Zug ab», räumte Jorge ein.

Hector wollte noch eine weitere Frage stellen, da hörten sie das Rascheln von Nylon in der Dunkelheit. Sie wirbelten herum und kauerten sich hin; Jorges feuchte Hand lag auf Hectors Rücken. Jemand kam keuchend den Pfad herauf.

«Halt», rief Hector und riss den Bolzen zurück.

Die Gestalt blieb stehen, sodass sie außer dem Platschen des Regens nichts mehr vernahmen.

«Parole.»

«Hector ist ein *culo*», sagte Felipe.

«Parole.»

«*Tiburón.*»

«Du kannst passieren, du alter Hundefurz.»

«Wo warst du?», fragte Jorge.

«Wo du gesagt hast – an der Straße von Arriaga.»

«Hat Rafael dich nicht abgelöst?»

«Vor Stunden.»

«Warum bist du dann nicht zurückgekommen und hast Bericht erstattet? Ich brauche diese Informationen jetzt. Das weißt du.»

«Ich hielt es für besser zu bleiben. Es ist viel los auf der Straße. Wir mussten beide zählen.»

«Autos?» fuhr Hector dazwischen.

«Kein Einziges», sagte der Alte. «Die *guardia* hat die Straße gesperrt. Sie haben Fackeln, und es gibt Kontrollposten. Ich hab gesehen, wie sie ein Paar aus einem Volkswagen geholt und den Wagen auf ein Feld gerollt haben. Nur Laster sind unterwegs, die Kanonen ziehen.»

«Panzer?», fragte Jorge.

Felipe zog einen Fetzen Papier aus der Windjacke und zündete sein Feuerzeug an. «Sechzehn – bisher. Rafael hat vor, bis Mitternacht zu bleiben.»

«Ich werde jemanden hinschicken, um ihn abzulösen. Hat er dir gesagt, wie der Wachwechsel abläuft?»

«Ja», sagte Felipe und wühlte wieder in der Tasche. «Er sagt, es sind zwei –»

«Zu einfach», sagte Hector.

«Sie wechseln um sieben.»

«Ausgezeichnet», sagte Jorge. Das war optimal, und er brauchte jetzt sofort etwas, womit er in der Höhle Stimmung machen konnte. «Und Männer? Waren die Laster voll besetzt?»

«Soweit ich gesehen habe, nein. Bisher nur Gerät.»

«Gut», sagte Jorge.

«Aber Panzer», sagte Hector verwirrt, und für einen Moment sah er wie der Junge aus, der er war.

«Mit denen werden wir nichts zu tun haben», versprach Jorge. «Sie werden auf den Hafen gerichtet sein.» Wenn die Landung nur ein Ablenkungsmanöver ist, dachte er, dann funktioniert es. Er wünschte, er könnte Forbes anfunken und es ihn wissen lassen.

«Trotzdem, sie wissen davon», sagte Felipe. «Dadurch wird es für uns schwerer, uns in der Stadt zu bewegen.»

Die drei verfielen in Schweigen, als sei ihnen klar, dass Spekulationen sinnlos waren, besonders jetzt, einen Tag vorher.

«Komm, *viejo*», sagte Jorge, «geh was essen. Hector, ich schicke dir jemanden, der dich ablöst.»

«*Gracias*, Ortega», sagte der Junge, schulterte seine Waffe und kletterte wieder auf den Baum.

Jorge ging vor Felipe den Pfad hinauf. Der Regen ließ langsam nach, war aber noch lästig genug; reichlich Tropfen landeten auf seinen Haaren. Am Hauptpfad gingen sie einen Umweg, hundert Meter weiter östlich, und Felipe machte ihm vor, wie man die Schritte so setzte, dass sie mit den Hufspuren verschmolzen – den Pfad aufwärts, nicht quer dazu. Mühsam stapften sie voran und nutzten die Baumstämme, um sich aufwärts zu ziehen.

Am Wasserfall blieb Felipe unter einem schmalen Überhang stehen. Von den Felsen spritzte Wasser.

«Hast du eine von den guten Zigaretten?», fragte der alte Mann, aber Jorge hatte keine eingesteckt, und Felipe zog einen braunen Zigarillo hervor und zündete ihn an. Er stank wie ein brennender Strick. «Was hatte El Marichal zu sagen?»

Jorge berichtete ihm von dem Zug und von den Männern, die El Marichal ihnen versprochen hatte.

«Er hat alle Hände voll zu tun», sagte Felipe entschuldigend, verzeihend, und Jorge begriff, dass er die Männer nicht erhalten würde. Er wollte Forbes deswegen Vorwürfe machen, aber was änderte das schon. Mittlerweile war die ganze Stadt in Alarmbereitschaft.

«Aber wenn sie den Zug stoppen», sagte Jorge.

«Das ist die einzige Chance.» Felipe sah ihn an, als wolle er sich vergewissern, dass dies Jorge klar war.

«Alle vergessen Forbes», sagte Jorge. «Wir sind schließlich nicht allein. Ihr wisst ja nicht, was er mitführt.»

«Was immer es ist», sagte der Alte, «um uns zu helfen, wird es zu spät eintreffen.»

«Das macht dir Sorge?»

«Mir nicht», sagte Felipe. «Aber man kann auch keinen Ruhm erwarten.»

«Und du glaubst, das tue ich?»

«Ich vermute es. Sonst wärst du nicht hier.»

Jorge wollte das erst einmal verdauen, aber ohne dass der Alte es mitbekam. «Blödsinn», sagte er. «Komm jetzt mit dem Ding da zu Ende. Ich habe Hunger.»

Felipe schnippte den Stummel in den Wasserfall, der ihn gegen die Felsen warf.

In der Schlucht war es stockfinster, das Wasser stand höher als zuvor und umspülte kalt Jorges Fußgelenke. Er würde in der Höhle schlafen und seine Sachen am Feuer trocknen müssen. Es überraschte ihn, dass er damit gerechnet hatte, Gloria zu sehen, den Duft ihrer Haut einzuatmen. Mit Catalina war es ebenso gewesen – die einzige Gewissheit inmitten von lauter Ungewissem. War das eine Schwäche von ihm, hing es irgendwie mit seinem Vater zusammen?

Er erinnerte sich an die Reisen im Auto, die sie unternommen hatten, um das Frühjahrstraining zu sehen, an die Nächte im Motel – wie er den Erinnerungen seines Vater gelauscht hatte, bevor sie einschliefen: Wie das Stadion in Santa Rosa aussah, der Himmel jenseits des Spielfeldzauns; die Meeresbrisen, die hohe Bälle in spielentscheidende Homeruns verwandeln konnten, die Trillerpfeifen und Tamburine der Fans, die mit Orangenschalen nach der Bank der Gastmannschaft warfen – und schon bald träumte Jorge dann von dem Land, das er nie gesehen hatte, vom legendären (niemals erwähnten) Tod seines Großvaters in der Schweinebucht, und danach von seiner Mutter und schließlich von nichts, glitt nur langsam in weiche Dunkelheit, getröstet von dem Wissen, dass sie am Morgen das Frühstück für neunundneunzig Cents einnehmen und dann die White Sox und die Pirates sehen würden, und danach die Reds und die Yankees. Und wenn sie davon zurückkamen und sich wieder hinlegten, sagte Jorge: «Erzähl mir von früher.»

All das war verschwunden, zusammen mit dem Fernsehsessel und dem Fernseher, der Sendung *The Game of the Week*, dem großen Lincoln, den sein Vater jeden Samstagmorgen in der Einfahrt wusch, dem Schrank seiner Mutter voll heller, nach Parfüm duftender Kleider. Nun war er hier und folgte dem Alten durch den Teich. Er musste wachsamer sein, dachte er und konzentrierte sich auf die Stimme, die durch die dämpfende Decke oben drang. Jemand brüllte. Instinktiv griff Jorge nach der Pistole, obwohl er wusste, dass es wahrscheinlich nur der sturzbesoffene Aurelio war. Als sie die feuchten Stufen hinaufkamen, kreischte eine Frau, und Jorge rannte auf die Decke zu.

Drinnen war es hell und warm. Als Erstes sah er Aurelio auf dem Boden liegen, und über ihm César, der ihm ins Gesicht trat. Luz schrie, Gloria und Francisco versuchten, César wegzuzerren. César holte erneut aus, doch sein Stiefel rutschte an Aurelios Stirn ab und hinterließ einen Striemen schwarzer Schuhcreme. Aurelio war bewusstlos; von seinen Zähnen lief ihm Blut in den Bart. César hatte eine Schnittwunde am Arm, sein Ärmel war blutgetränkt. «Scheißkerl!», brüllte er. «Ich bring dich um!»

«Schluss!» Jorge zeigte ihm seine Pistole, die er mit der Mündung zur Höhlendecke hielt. Er drückte César mit ausgestrecktem Arm von Aurelio fort und stellte sich über den Bewusstlosen. Felipe blieb wie sein Partner neben ihm stehen. Im Hintergrund schluchzte Luz.

«Bring ihn um!», schrie César. Er hatte Kratzer auf der Stirn, sein Hals war schweißnass, und er keuchte.

«Halt den Mund», sagte Jorge.

«Er provoziert mich, der Feigling. Er lügt und verflucht dich.»

«Er ist betrunken», rief Luz.

«Er hatte ein Messer», sagte Gloria und deutete auf den Fußboden.

«Worum geht es hier?», fragte Jorge. Er hielt noch immer die Waffe hoch, als könnten sie ihn angreifen.

«Er hat dich beleidigt», sagte César und umklammerte den blutigen Ärmel mit der anderen Hand. «Er hat gesagt, du hättest mit Gloria geschlafen.»

«Und dafür willst du ihn umbringen?»

«Es ist eine Lüge und eine Beleidigung ihrer Ehre.»

Jorge wartete, ob sonst jemand etwas sagen wollte, aber niemand sagte ein Wort. Zu seinen Füßen stöhnte Aurelio.

«Es ist keine Lüge», sagte Jorge.

«Eine Beleidigung ist es trotzdem. Es ist eine Beleidigung, dass du so etwas sagst.»

«Nicht für mich», sagte Gloria.

«Dann hast du keine Ehre», sagte César. Er sah Jorge herausfordernd an, dann schüttelte er Francisco ab, schlug die Decke zurück und stürmte aus der Höhle.

«Geh ihm nach», befahl Jorge dem Alten.

«Wo soll er denn schon hin?», sagte Felipe, und Jorge gab nach.

«Ich konnte es nicht verhindern», entschuldigte sich Gloria.

«Er hat ein großes Mundwerk», erklärte Felipe.

Francisco zuckte mit den Schultern, setzte seinen Hut wieder auf und setzte sich mit seinem Rum an den Tisch, als sei nichts geschehen, nur eine kleine Barschlägerei.

Aurelio stöhnte und ließ den Kopf zur Seite sinken. Das Blut auf seinen Lippen glänzte. Bei all seinen Narben und dem Bart war nicht leicht zu erkennen, wie schwer er verletzt war. Gloria holte einen Schlafsack, und sie hoben ihn darauf und trugen ihn zum Feuer hinüber.

Im Kopf überschlug Jorge den Schaden. Es war nun noch wahrscheinlicher geworden, dass Aurelio sich gegen sie wenden würde. Er hatte auf César gezählt; jetzt konnte er ihm nicht mehr trauen. Dazu kam noch, dass César am rechten Arm verletzt war. Und Luz mit ihrer Hüfte – einfach Pech. Er sah auf seine Uhr, doch die war nicht mehr da.

Luz schluchzte immer noch. «Er war betrunken», sagte sie weinend. «Er war betrunken.»

12

Im Feuer zischten Regentropfen, die durch den Kamin fielen. Rafael saß mit bloßem Oberkörper auf einem Plastikeimer davor und goss scharfe Sauce aus einer Flasche über eine Schale Reis. Neben ihm lag Luz wach, und gegenüber Aurelio, der immer noch stöhnte und Unverständliches brabbelte. Das getrocknete Blut war abgeblättert, aber die Schuhcreme war noch zu sehen, ein dunkler Komet auf seiner Stirn, den man für einen blauen Fleck hätte halten können. Jorge befahl Francisco, nüchtern zu werden und Hector als Wache abzulösen. César war noch nicht zurück.

«Das erschwert alles», sagte Rafael. Er deutete mit seiner Gabel auf Aurelio. «Ich traue dem da jetzt noch weniger.»

«Das heißt nichts», sagte Luz schulterzuckend. «Das mit den beiden war unvermeidlich, nur ist es im falschen Moment passiert.»

«Nein», sagte Felipe. «Du kennst ihn. Er wird César nicht in Ruhe lassen.»

Luz erwiderte nichts.

Rafael wandte sich Jorge und Gloria zu. «Du hättest ihn gestern Abend erschießen sollen.»

«Er hat sich richtig verhalten», sagte Luz. «Es ist nicht notwendig.»

Felipe war anderer Meinung. Er rauchte einen seiner stinkenden Zigarillos.

«Stimmen wir ab», sagte Rafael. «César und ich sind dafür.»

«Niemand stimmt hier ab», sagte Jorge. Gloria und er hatten Rommé gespielt, und nun warf er die Karten hin und stand auf. «Er war betrunken. Ich denke nicht dran, jemanden zu töten, nur weil er betrunken war.»

«Wir werden ihn ständig bewachen müssen», sagte Felipe, und es schmerzte Jorge, dass der Alte gegen ihn war. Der Professor hatte ihn nie herausgefordert; nur

Catalina. «Wer soll das tun? Wir haben nicht genug Leute.»

«Ich mache das», sagte Luz.

«Du kannst kaum gehen.»

«Ich», sagte Gloria.

«Pah», schnaubte Rafael.

«Hector übernimmt es», sagte Jorge. «Im Augenblick brauchen wir jeden, sogar ihn.»

«Danke», krächzte Aurelio am Feuer, und alle wandten sich ihm zu. Er hatte die Augen offen, rührte sich aber nicht. «Sogar mich. Sehr freundlich.» Er sprach wattig, als sei er ungeheuer müde und benommen.

Jorge ging zu ihm hinüber und kniete sich hin.

«Ortega, wie leidenschaftlich du mich verteidigst. Ich wusste gar nicht, dass du mich liebst.»

«Das tue ich auch nicht.»

«Na, mehr als die Schakale da.» Er versuchte, in Rafaels Richtung zu spucken, aber der blutige Schleim fiel ihm aufs Kinn. «Sag ihnen, ich bin dabei.»

«Bist du das?»

«Ich bin hier», sagte Aurelio. «Das genügt.»

Für Jorge bewies das gar nichts, aber er beließ es dabei. Alle schwiegen wie beschämt. Die Stille war nur gerecht, fand Jorge; sie hatten sie verdient.

Gloria half Luz zu Aurelio hinüber, und Jorge breitete ihr Bettzeug dort auf dem Boden aus, damit sie beieinander liegen konnten. Rafael und Felipe zogen sich an den Tisch zurück; Jorge und Gloria gesellten sich zu ihnen und setzten ihr Spiel fort. Kann denn noch mehr schief laufen, dachte Jorge; dann riss er sich zusammen. Er würde dankbar für die nun eingetretene Stille sein. In dieser Nacht würde er nicht schlafen, das wusste er. Er zog einen Bauern und warf eine Drei ab. Der Regen fiel. Das Feuer zischte.

13

Gegen fünf hörte der Regen auf, und der Wind peitschte die Bäume. Der Lärm weckte Jorge. Dass er hatte schlafen können, erstaunte ihn. Neben ihm träumte Gloria, ihre Augen glitten unter den Lidern hin und her. Im Schein seiner Armbanduhr war ihr Gesicht radiumgrün. Für einen Moment sah er in ihr eine Fremde, irgendwo in South Beach aufgegabelt – eine Rollerskaterin in einem schrägen Trikot, ein Bademodenmodel, das an den Drehgestellen mit billigen Sonnenbrillen stehen geblieben war –, und er schämte sich. Aber es stimmte ja, er kannte sie überhaupt nicht, und er fragte sich, ob er wohl dazu bestimmt war, in seinem ganzen Leben nur Catalina zu kennen.

Er sah Doppelfurchen der Piste unter den Stromleitungen vor sich, den Staub, den der Esel des Professors aufwirbelte, dann schüttelte er sich das Bild aus dem Kopf. Warum nicht gleich sein Vater? Die Qual wäre nicht schlimmer gewesen.

Er schob die Beine unter der Decke hervor und stand auf. Der Felsboden war kalt, hinten erlosch das Feuer. Luz und Aurelio hatten sich nicht gerührt; César fehlte noch immer. Jorge tastete sich an der Wand entlang, bis er die feuchte Decke berührte. Er schlug sie zurück, und der warme Wind ließ ihn blinzeln.

Draußen nahm der wolkenlose Himmel über dem Laubdach im Osten Farbe an, die Sterne funkelten. Es war ein Geschenk, und Jorge stand gebannt da und genoss es. Es würde auch El Marichal helfen. Jorge konnte nicht anders, als sich auszumalen, dass alles passend zusammenkäme – der Zug, die zusätzlichen Männer, die Waffen. In diesen Traum war er versunken, als César ihn von den Stufen aus leise rief.

«Ortega», flüsterte er, und Jorge sah sich suchend nach ihm um. «Hier drüben.»

In der Felsspalte, in der er gelegen hatte, setzte César sich im Schlafsack auf, das Gewehr im Anschlag.

Im Unterhemd stieg Jorge die Stufen hinunter. «Ich wusste, dass du uns nicht verlassen würdest.»

«Aber nicht aus Liebe», sagte César. «Wo sollte ich sonst hin?»

«Ich bin froh, dass du bleibst.»

«Wer hat schon Angst vor einem Feigling?»

«Falls ich dich beleidigt habe, tut es mir Leid», sagte Jorge. Er wollte ihren Namen nicht erwähnen.

«Nur das Herz ist gekränkt», sagte César. «Das ist mein schwacher Muskel, fürchte ich. Ich kann nicht anders, als es dir übel zu nehmen – und ihr. Obwohl es keinen Grund dafür gibt. Sie würde mir nur wehtun. Nichts passt zusammen.»

«Tut mir Leid.»

«Spar dir dein Mitleid. An deiner Stelle täte ich's. Aber manchmal kann man's eben nicht.»

«Ich weiß», sagte Jorge, weil es stimmte. Im Dämmerlicht sahen sie einander an, aber es gab nichts mehr zu sagen, also wandten sie sich ab und sahen durch das Blätterdach zum Himmel. Typisches Inselwetter, dachte Jorge; es gab keine Garantie dafür, dass es auch am Tag darauf so sein würde.

«Geh», sagte César. «Sie wartet auf dich.»

«Ich bin froh, dass du wieder da bist.»

«Spiel mir gegenüber nicht den Liebenden, dein Herz ist nicht bei der Sache. Jetzt geh.»

Als Jorge die Decke anhob, sah er sich noch einmal um, konnte ihn aber kaum ausmachen; nur ein dunkler Streifen im Fels war zu erkennen.

Gloria murmelte etwas, als er unter die Decke schlüpfte; dann legte sich ein warmes Bein über ihn. Ihr Haar roch nach dem Feuer und nach Felipes Zigarillos, und er küsste sie auf den Scheitel. Er kam sich selbstsüchtig vor, weil er wach war und nicht träumte wie sie. Er drehte die Hand um und sah wieder auf die Uhr. Noch sechsundzwanzig Stunden. Es gab so viel zu tun, und doch wünschte er, er könnte schlafen, all dies vergessen, am Morgen aufwachen und Gloria in seinem Marlins-Trikot auf dem Balkon stehen und den Joggern zuschauen sehen, die den Strand hinauf- und hinunterschnauften.

Er schloss die Augen, und da war Catalina, die ihrem Esel auf den Hintern schlug, und hoch über ihnen die drei durchhängenden Kabel, die den Isolatoren am nächsten Mast entgegenstiegen. Der Professor trug seinen lächerlichen Buschhut mit der einseitig hochgesteckten Krempe und sah damit aus wie ein Australier in einem Film, der im Zweiten Weltkrieg spielt. Catalina blickte zu Jorge zurück und streckte ihm die Zunge heraus. Er hatte den Plastiksprengstoff in der Satteltasche, genug, um einen der Masten nicht ganz umzulegen. Sein Befehl lautete, es solle wie das Werk eines Amateurs aussehen, was er angeblich auch war – ein Sympathisant, desertiert aus der honduranischen Armee. Angeblich nahmen die Rebellen an Stärke zu, war die Hauptstadt in Gefahr, versank in Dunkelheit, in Chaos. Die ganze Geschichte war eine Lüge, ein Trick, um die Wahlen im nächsten Monat zu manipulieren, um noch für ein weiteres Jahr Mittel des Außenministeriums zur militärischen Unterstützung loszueisen. Dafür, dass er so etwas hinbog, bezahlte ihn die Firma. Er streckte Catalina die Zunge heraus, und sie lächelte. Die Esel nickten und stapften weiter.

Er rollte sich auf die Seite, und Gloria regte sich unwillig. Er hielt die Uhr hoch und drehte das Zifferblatt so, dass er ihr Gesicht sehen konnte. Dichte schwarze Augenbrauen, Sommersprossen oberhalb der Nase. Wäre sie imstande, ihn zu verraten? Aber natürlich. Mühelos. Er war nicht dumm genug, ihr zu vertrauen.

Verfolgungswahn, dachte er. Hör auf damit.

Er kuschelte sich an sie, roch ihre salzige Hitze, die zwischen ihnen aufstieg, den leichten Moschusduft, den der Tagesmarsch über die Berge auf ihrer Haut zurückgelassen hatte. Das gefiel ihm, doch seit er sich an die Stromleitungen erinnert hatte, gingen ihm die verschiedenen Möglichkeiten nicht mehr aus dem Kopf. Die tätowierte Häftlingsnummer bedeutete keine Gewissheit; so etwas war leicht zu fälschen. Die Zähne konnte auch ein Zahnarzt gezogen haben, die Nase unter einem gut gezielten Schlag gebrochen sein.

Er merkte, dass er dabei war, sich in Projektionen zu verstricken, und verbot sich, so zu denken. Alles war in Ordnung. Diesmal log er nicht. Er stand auf der richtigen Seite, und so war es ihm lieber. Es erforderte weniger Tarnung und hinterließ ein saubereres Gefühl. Deshalb schickte einen die Firma auch jedes Mal an einen anderen Ort, teilte einem abwechselnd einen angenehmen Job und einen miesen zu. Zu verlieren war allzu schwer. Wie zu überleben.

14

Jorge wachte von Schüssen auf und rollte sich instinktiv von dem Geräusch weg. Von draußen kam das schnelle Geratter einer Automatik. Er griff nach seinem Rucksack, dann fiel ihm ein, dass die Pistole unter dem Bettzeug lag.

«Hier», sagte Gloria und schob ihm den Griff hin.

Rafael war noch vor Jorge draußen. Die Decke schwang ihm entgegen und kratzte ihn an der Nase.

Im Teich trieb ein Kavallerieoffizier mit dem Gesicht nach unten in seinem grauen Cape. Das Wasser war schlammig und aufgewühlt. César stand schwer atmend auf den Stufen über ihm, sein M-16 noch immer auf den Mann gerichtet. Dessen Glieder regten sich nicht. Rafael richtete die Mac-10 auf ihn, als stelle sich der Mann nur tot. Ein Stiefel war abgefallen, sodass man eine rote Socke mit einem Loch an der Ferse sah. Jenseits des Damms streifte ein gescheckter Wallach durch die Schlucht; die Zügel schleiften im Wasser. Der Offizier drehte sich mit der Strömung, seine Mütze trieb knapp außerhalb der Reichweite seiner behandschuhten Hand.

«Dieser Mistkerl», sagte Rafael. «Wie hat der bloß hierher gefunden?»

«Mir egal», sagte Jorge. «Wir müssen ihn verschwinden lassen.»

Aurelio und Felipe waren da, auch Hector und Gloria; nur Luz war noch in der Höhle. Felipe hatte seine Stiefel an und trug die Windjacke über der Unterwäsche. Seine Beine waren grau, seine Knie höckrig. Er watete durch die Schlucht dem Pferd nach, gurrend, um es möglichst nicht zu verschrecken. Stumm sahen sie alle zu. Der große Wallach blieb scheu stehen, wieherte und zuckte mit den Ohren. Der Alte erreichte ihn und strich ihm über den Nacken. Er schlang sich die Zügel um die Faust und flüsterte auf das Tier ein.

Die Mütze des Offiziers kippte über den Damm und schaukelte auf die Schlucht zu. Niemand machte Anstalten, die Leiche zu bergen. Mit einem über den Damm baumelnden Arm blieb sie hängen.

«Wir begraben ihn dort», ordnete Aurelio an und deutete auf eine Stelle oberhalb der Höhle. Jorge war überrascht, wie kraftvoll er klang, als hätten die Prügel ihn wieder zu Verstand gebracht und seinen Stolz geweckt. «Das Pferd führe ich um den Berg herum. Wer steht unten Wache?»

«Francisco», sagte Hector.

«Entweder ist er tot, oder er schläft. Beides passt mir nicht. Wie oft hast du gefeuert?»

«Einmal», sagte César. «Auf Halbautomatik.»

«Gut. Geh mit Rafael zum Wasserfall hinunter. Wenn er nur der morgendliche Kundschafter war, haben wir nichts zu befürchten.»

«Und wenn nicht?», fragte César.

«Dann sind wir am Arsch», sagte Aurelio, und die beiden sprangen in ihre Stiefel und verschwanden platschend in der Schlucht. Der Wallach scheute, und Felipe riss fluchend an den Zügeln.

«Ich kann ihn reiten», bot Hector an.

«Nein», sagte Aurelio. «Das ist das Einzige, was ich kann.» Er sah zu Jorge hinüber, als bitte er um Erlaubnis. Sein Gesicht war noch gedunsen von der Nacht zuvor, ein Auge fast zugeschwollen. «Wenn eine Patrouille in der Nähe ist, führe ich sie um den Berg herum.»

Jorge blickte zu Gloria hin, dann zu Hector. Sie sagten nichts. Aurelio schien zu verstehen.

«Geh», sagte Jorge, und Aurelio lächelte, schlug ihm auf die Schulter und stürmte in die Höhle, um sich anzuziehen. Hector folgte ihm.

«Was tust du da?», fragte Gloria. «Meinst du etwa, er ist jetzt auf unserer Seite?»

«Lieber finde ich das jetzt heraus als morgen.»

«Wahrscheinlich hat er uns selbst verpfiffen.»

«Das würde er nicht tun», sagte Jorge. «Er hat einfach nur Angst vor der Station.»

«Wie kannst du so was sagen? Du kennst ihn doch überhaupt nicht.»

«So gut wie dich.»

«Das sagte ich doch gerade. Du kennst ihn nicht.»

Aurelio kam mit einem alten Karabiner heraus, dessen Holster er sich tief an den Oberschenkel geschnallt hatte. «Streitet euch nicht meinetwegen. Ich werde euch nicht enttäuschen.»

«Ich weiß das, Don Aurelio.»

«Passt auf Luz auf. Bei Einbruch der Nacht bin ich zurück.»

Er bollerte die Stufen hinunter, und Gloria starrte ihm mit gerunzelter Stirn nach. Unterhalb des Damms, an dem der Offizier hing, watete er in den Bach; dann beugte er sich vor, nahm ihm das nasse Cape ab, wrang es aus und warf es sich um die Schultern. Er fischte die Mütze heraus, klopfte sie am Bein aus und setzte sie auf. Felipe hielt den Wallach für ihn fest, und er stieg auf und trabte die Schlucht hinunter.

«Mir gefällt das nicht», sagte Gloria.

«Was kann er ihnen schon sagen?», sagte Jorge. «Sie wissen doch schon alles.»

«Trotzdem», erwiderte sie, sagte aber nichts weiter.

Unterhalb von ihnen mühte sich Felipe mit der Leiche ab und versuchte, sie vom Damm wegzuzerren. Sie gingen hinunter, um ihm zu helfen.

Der Offizier war nicht größer als Francisco. Als sie ihn aus dem Wasser zogen, sahen sie, wo César ihn getroffen hatte – direkt unterhalb des Herzens. Er musste sechs Salven in ihn gejagt haben; das Loch in seinen Rippen war so groß wie eine Cornflakesschüssel. Jorge packte ihn unter einem Arm, Felipe unterm anderen, und sie schleiften ihn die Stufen hinauf wie einen Betrunkenen. Gloria folgte ihnen mit dem fehlenden Stiefel und fluchte über den Mann, weil er ihnen so viel Ärger machte. Er hatte Schlamm im Haar, und als sie ihn ablegten, lief ihm braunes Wasser aus dem Mund. Er war mit einer glänzenden .45er bewaffnet und trug ein Paar Patronengurte kreuzweise über der Brust; das Gewehr war wahrscheinlich noch bei dem Pferd. Felipe kniete sich hin, wälzte ihn herum und durchsuchte seine Taschen.

Jorge kehrte sich ab und spähte die Schlucht hinunter.

Bisher hatten sie keine Schüsse gehört; das war ein gutes Zeichen. Aurelio musste jetzt am Hauptpfad angekommen sein, wenn er diese Richtung eingeschlagen hatte.

«Einer von Clementes Leuten», sagte Felipe und reichte Jorge einen Dienstausweis. Jorge vergaß den Namen sofort wieder und löschte das Gesicht auf dem Foto aus seinem Gedächtnis. Felipe gab ihm ein Familienfoto – ein Mann im Anzug, seine Frau und zwei Mädchen mit Zöpfen.

«Steck sie ihm wieder ein», sagte Jorge. «Wir begraben sie mit ihm.»

Hector blieb gern in der Höhle zurück, um auf Luz und auf Jorges Rucksack aufzupassen.

«Ein Offizier», sagte Luz. «Gut.» Sie spuckte ins Feuer.

Gloria erzählte ihr von Aurelio.

«Macht euch das Sorge?», fragte Luz.

«Mir nicht», sagte Jorge, und sie sah Gloria an.

«Das kommt von meinem Einfluss», sagte Luz. «Ich habe dir beigebracht, ihm nicht zu trauen.»

«Aus guten Gründen», sagte Gloria.

«Zum Streiten ist keine Zeit», sagte Luz und scheuchte sie hinaus.

Der Offizier lag in einer Pfütze auf den Felsen. Jorge packte ihn unter den Armen, Felipe an den Knöcheln. Er war schwer für einen so kleinen Mann, wahrscheinlich wegen des vielen Wassers. Gloria ging mit dem Stiefel voran und suchte nach einer guten Stelle. Es war inzwischen helllichter Tag, die Luft unter dem Blätterdach wärmte sich auf. Die Leiche würde rasch verwest sein. Während sie sich den Hügel hinaufmühten, konnte Jorge den Blick nicht von der Socke des Mannes wenden. Ein

Bild von Catalina und dem Professor auf der Pritsche des Pick-up trat ihm vor Augen – ihre nackten Füße, die unter dem Plastik hervorlugten, roter Schlamm zwischen den Zehen, ihre bläulichen Fußgelenke, an denen Lehmklumpen klebten.

Jorge biss sich auf die Lippe, um wieder zu sich zu kommen. Der Kopf des Toten schlug ihm gegen den Bauch. Die Augen, die bereits milchig wurden, standen offen; bei jedem Schritt nickte er, und seine Zähne schlugen aufeinander.

Gloria erstarrte – kauerte sich hin, eine Hand stumm nach hinten gereckt, um sie anzuhalten. Sie legte den Kopf schräg und lauschte wie eine Jägerin, und ihr Blick huschte hin und her.

Die Blätter über ihnen raschelten, schlugen gegeneinander, und dann hörten sie in der Ferne das stete Knattern eines Hubschraubers, die monotonen Laute eines mechanischen Insekts. Jorge hoffte, dass es nur einer war, dann nur zwei. Noch weitere schlossen sich dem Chor an.

Obwohl es unsinnig war, glitten er und Felipe ins Dickicht und deckten den Offizier mit ihren Leibern. Noch weit entfernt, peitschten die Hubschrauber die Luft auf, und das Echo des Rotorenlärms donnerte das Tal entlang. Schon bevor Jorge ihre stummeligen Umrisse sah, wusste er, dass es sich um dieselbe Staffel von Werewolves handelte wie am Vortag. Er fragte sich, ob sie Infrarot an Bord hatten. Ihre Geschütze konnten den ganzen Hügel zersieben und nichts als qualmende Baumstümpfe und verbrannte Erde hinterlassen. Er hoffte, dass Aurelio sie hörte.

Die erste Welle kam in derselben Diamantformation

vorbei. Felipe sagte etwas, aber der Krach war zu laut. Jorge wartete darauf, dass sie sich teilten, kehrtmachten und sich zum Tiefflugangriff gruppierten. Aber sie behielten die Rautenformation bei und flogen geradeaus weiter nach Norden, landeinwärts.

«Die kommen nicht wegen uns», brüllte der Alte.

«Nein», stimmte ihm Jorge zu.

Gloria kam herbeigelaufen. «Arriaga.» Sie deutete in die Richtung, und Jorge fiel der Zug wieder ein.

«El Marichal», sagte er, gerade als vier weitere Hubschrauber ohrenbetäubend über sie hinwegflogen. Er war nicht sicher, ob sie ihn gehört hatten, doch an ihrem Schweigen, als sie die Formation vorüberfliegen sahen, an der langen Pause, bevor sie sich gleichzeitig den nächsten vier zukehrten, erkannte er, dass es egal war. Sie wussten es.

15

Sie schoben den Stiefel des Offiziers in seine Uniformjacke und begruben ihn stehend in der Spalte einer Felswand, mauerten ihn mit Händen voller Lehm darin ein. Gloria bedeckte sein Gesicht und schnitt Grimassen dabei. Die Regenfälle würden ihn wieder freispülen; sie mussten nur einen Tag gewinnen.

Luz sah ein, dass sie die Höhle nach dem morgigen Tag aufgeben mussten.

«Vielleicht brauchen wir sie ja auch nicht mehr», sagte sie unschlüssig, doch keiner glaubte ihr. Gloria besah sich Luz' Hüfte; der Knochen violett umrandet, von einem gelben Hof umgeben. Das Gehen bereitete ihr Schmerzen. Wahrscheinlich nur ein Pferdekuss, dachte Jorge; davon hatte er auf Parris Island unzählige gesehen, nach dem Hindernisparcour. In einer Woche würde es ihr wieder gut gehen, aber das half ihnen jetzt nichts. Sie hatten keine Möglichkeit, sie zu transportieren.

Hector kehrte mit Francisco zurück, der keine Waffe trug und seinen Hut verloren hatte; Blut tropfte ihm aus einer Wunde unter dem Auge in den Schnurrbart. Hector hielt ihm eine Pistole in den Rücken, wie einem Gefangenen. Er bedeutete Francisco, er solle sich an den Tisch setzen, und drückte ihm den Lauf in den Nacken.

«Was machst du da?», schalt Felipe und schob die Waffe weg.

Hector steckte sie ein. «Er gibt zu, dass er eingeschlafen ist.»

«Dann ist er eben eingeschlafen», sagte Luz. «Wir sind hier nicht die *guardia*.»

«Es war mein Fehler», sagte Francisco. «Ich nehme meine Strafe an.»

«Halt den Mund», befahl Hector, und Francisco zuckte zusammen.

Gloria trat dazwischen. «Woher weißt du, dass er auf diesem Weg gekommen ist?»

«Man kann die Spuren sehen. Sie führen direkt bei Francisco vorbei.»

«Stimmt das?», fragte Luz.

Francisco sah erst zu Hector hin. «Es stimmt.»

«Siehst du? Er gibt es zu.»

«Na und?», sagte Gloria. «Bist du noch nie auf Wache eingeschlafen?»

«Ich hab nie die Kavallerie an mir vorbeigelassen.»

«Das habe ich nicht gefragt.» Sie starrte ihm weiter ins Gesicht, die Hände in die Hüften gestemmt.

«Ortega», flehte Hector.

«Eine Entschuldigung genügt», sagte Jorge.

Francisco wandte sich an Luz. «Ich bitte dich um Verzeihung, *comandante*.»

«Du wirst dich bessern», sagte Luz.

«Das verspreche ich aus ganzem Herzen.»

«Das ist alles?», rief Hector.

«Nein», sagte Jorge. «Jetzt du. Entschuldige dich bei ihm.»

«Wofür – dass ich ihm beigebracht habe, seine Pflicht zu tun?»

«Dafür, dass du ihn nicht wie einen Bruder behandelt hast.»

Hector spuckte aus. «Er ist für mich kein Bruder.»

«Dann geh», sagte Jorge. «Wir brauchen dich nicht.»

«Er ist auf Wache eingeschlafen!», sagte Hector flehentlich.

«Das ist erledigt, das ist nichts. Es kommt nur auf morgen an. Entschuldige dich.»

Hector tat es, ohne Francisco dabei anzusehen.

«Kannst du das akzeptieren?», fragte Jorge. Er blickte Francisco in die Augen, um ihn wissen zu lassen, dass dies keine Frage war.

«Ich möchte mich auch bei Hector entschuldigen.»

Hector sagte nichts, bis Gloria ihn in den Rücken stieß.

«Sei nicht so stur», sagte Jorge. «Wir müssen zusammenhalten. Heute Abend trinkt niemand.»

«Ja, Don Jorge», sagte Francisco.

Jorge wollte sie gerade hinunterschicken, um Rafael und César abzulösen, als er eine gedämpfte Explosion hörte. Für eine Sekunde erstarrten sie alle, dann packten sie ihre Waffen und rannten hinaus, Jorge vorneweg.

Er sah nichts und schlich die Stufen hinab, den Rücken an die Felswand gepresst. Am Damm blubberte das Wasser, und dann kam von oben eine Reihe von Schlägen wie von einschlagenden Granaten – aber leise, in der Ferne, jedoch immer noch so deutlich, dass sie sich duckten.

«Der Zug», sagte Felipe.

«Bleib bei Luz», befahl Jorge ihm und führte die anderen den Pfad hinauf. Je höher er stieg, desto näher klangen die Einschläge, und bei jeder Explosion musste er blinzeln. Teófilo war nicht auf seinem Posten – hat es wahrscheinlich mit der Angst bekommen, dachte Jorge, oder versteckt sich irgendwo im Gebüsch. Weit entfernt zerhackten Werewolves die Luft. Wie viele hat Clemente wohl geschickt, fragte sich Jorge. Er dachte an El Marichal in seinem schönen Anzug, an seine Liebenswürdigkeit. Er wurde schon sentimental; das war nur Intuition, eine aus Pech erwachsene Gewohnheit.

Sie traten aus dem Dschungel in den strahlenden Sonnenschein. Die Blätter glänzten wie gewachst. Bis zum Kamm war es nicht weit, und Jorge schulterte sein M-16 und rannte los. Die Kehle brannte ihm zwar, aber er fand, er gewöhne sich langsam an die Luft. Der Weg wurde weniger steil, und anstelle der Erde hatte er nun glatten, unnachgiebigen Granit unter den Stiefeln.

«Hier entlang», sagte Gloria und überholte ihn mit wehenden Haaren. Sie folgten ihr durch eine Halde von

Felsbrocken, bis sie auf einer kahlen Felsnase hockten, von der aus man das Tal überblickte.

Am Fluss brannte es, an der Eisenbahnlinie, und der Wind trieb den Qualm in Strähnen auf Arriaga zu. Ein Rudel von Werewolves huschte um die dunkle Rauchsäule herum und feuerte Raketen und Granaten in die Felder. Auf den Schienen stand die schwarze Linie eines Zuges. Aus dieser Entfernung konnte Jorge nicht erkennen, ob der Zug brannte oder nur das Zuckerrohr. Das Feuer breitete sich nicht aus. Wahrscheinlich hatten sie das Gleis vermint, sich dann auf die Überlebenden gestürzt und waren, bevor die Hubschrauber reagieren konnten, verschwunden, nur eine Nachhut zurücklassend, die ihren Rückzug deckte. Er hoffte es.

Gloria deutete hin. «Sie haben es geschafft!»

«Zumindest haben sie ihn gestoppt», sagte Jorge. «Hat jemand ein Fernglas?»

Keiner hatte eines dabei. Jorge trug Francisco auf, er solle hinunterlaufen und seinen Feldstecher von Felipe holen.

Sie standen da und beobachteten den Qualm und die Blitze, mit denen im Zuckerrohr Raketen explodierten.

«Sie haben zu viele Hubschrauber», sagte Hector.

«In der Stadt nützt ihnen das nichts», rief Gloria ihm in Erinnerung.

Das erstaunte Jorge. Sie wiederholte nur das, was er gesagt hatte – die Logik hielt stand; und doch, als er es aus dem Mund eines anderen hörte, glaubte er es nicht.

«Schaden wird es ihnen auch nicht», sagte Hector. «Der Hafen ist weit offen, wie ein Feld.»

«Bis dahin haben wir unsere eigenen», sagte Jorge, obwohl das keineswegs garantiert war. Wenn die Landung nur ein Ablenkungsmanöver darstellte, würden sie keine darauf vergeuden. Vielleicht ein paar alte Sea Kings, einige Hueys, aber nichts Gefährliches. Ihr Alter und ihre Anzahl würde ihm verraten, ob Forbes es ernst meinte.

«Die sind nicht entscheidend.»

Eine Feuerblume blühte auf, und eine Sekunde später erreichte sie ein schwacher Knall.

«Jetzt schon», sagte Hector.

Die Werewolves kreisten, senkten die Nasen und tauchten, feuerten ihre Raketen ab und zogen hoch und kreisten wieder. Jorge beobachtete Gloria und Hector dabei, wie sie die Hubschrauber beobachteten. Sie sahen das zum ersten Mal und konnten sich nicht davon losreißen, sondern standen gebannt da wie Kinder, die einem Zauberer zuschauen. Jorge hatte es oft genug gesehen, um zu wissen, dass die Show überhaupt nichts bedeutete. Sie war hübsch, zugegeben, doch was dabei herauskam, konnte man erst abschätzen, wenn sich der Qualm verzogen hatte. Er brauchte zehn fähige Leute, um die Station einzunehmen; im Augenblick hatte er neun, Aurelio eingerechnet. Er hatte fünf Automatikwaffen, brauchte aber acht. Für einen Rückzug, der sich im Ernst als solcher bezeichnen ließ, brauchte er die Panzerabwehrwaffe, die El Marichal ihm versprochen hatte. Die Werewolves wirkten zwar spektakulär, aber letzten Endes kam es nur auf Zahlen an – und allerletzten Endes auf den Willen, über sie hinwegzusehen und den Auftrag dennoch auszuführen. Die Arbeit zu erledigen, wie sein Vater sagen würde.

Das hatte ihm sein Vater allerdings beigebracht. Auf dem Fernsehtisch neben der leeren Dose Budweiser hatte er seine Papiere ausgebreitet – seine Pensionsunterlagen, die Urkunde zum Haus, den schon auf Jorge übertragenen Fahrzeugschein für den Lincoln Town Car. Er hatte sogar Frischhaltefolie darüber gebreitet, so säuberlich wie über eine Krankenhausmahlzeit. Als der Kommissar ihm das zeigte, war Jorge einen Moment lang nur still dagestanden, hatte darauf gestarrt und sich vorgestellt, wie befriedigend diese letzten Vorbereitungen für seinen Vater gewesen sein mussten. Alles in Ordnung, alles geregelt. «Danke», hatte er gesagt.

Eine weitere Flammensäule schoss in den Himmel, und Gloria fluchte und trat an die Kante, als wollte sie sich auf sie stürzen. Jorge packte sie am Arm, doch sie riss sich los. «Verdammte Fidelistas!» Sie spuckte in ihre Richtung, und der weiße Klumpen flog über die Kante. Sie fluchte, bis sie außer Atem war.

«Morgen massakrieren wir sie», sagte sie leidenschaftlich.

«Vielleicht», sagte Jorge.

«Bestimmt.»

«He», rief Hector, «da kommt er ja, der zu nichts zu gebrauchen ist», und Francisco kletterte keuchend durch die Felsen. Er reichte Jorge das Etui, und Jorge nahm das Fernglas heraus. Er drückte auf den Kippschalter, es summte, und Jorge hielt sich das Glas vor die Augen.

Das Bild war verschwommen, und er drehte am Rändel, bis der Qualm, der ölig in die Höhe wirbelte, scharf ins Bild kam.

«Was siehst du?», fragte Gloria.

Die Werewolves flogen in Paaren und wendeten mit starrer Präzision. Eine Gruppe ließ die Nasen sinken und feuerte ihre Raketen rauchend ins Zuckerrohr. Der Feuerball füllte das Sichtfeld aus, sank dann in sich zusammen und gab den Blick auf den Zug im Hintergrund frei.

Er stand immer noch auf den Gleisen, die Fenster mit genieteten Panzerplatten verdeckt; in einer davon klaffte ein gezackter Riss – das Ergebnis von El Marichals Panzerabwehrwaffe. Es sah so aus, als hätten sie nur einmal gefeuert. Leuchtspurmunition blitzte aus den in akkuraten Abständen angebrachten Schießscharten. Jorge hatte den gleichen Zug in El Salvador gesehen, die Schussfelder der Geschützstände komplett durchorganisiert, die Türen versiegelt. Der Zug dort hatte anstelle der Positionslampen Totenköpfe getragen, zur Einschüchterung der Bauern.

«Was ist?», fragte Gloria.

«Der Zug.»

Er folgte den Leuchtspuren ins Gewirr der Kanäle. Er sah niemanden das Feuer erwidern. Das Zuckerrohr brannte. Er ortete eine dahintreibende Leiche, dann eine andere, die halb auf der Uferböschung lag.

«Brennt er?»

«Das Zuckerrohr brennt.»

«Siehst du El Marichal?»

«Nur ein paar seiner Männer», sagte er, doch nun waren es mehr als nur ein paar Leichen, die verstreut auf den Feldern lagen. Sie trieben in den Kanälen, lagen verbrannt zwischen den Stoppeln. Jorge betrachtete eine davon genauer; ein schwerer Mann mit Ziegenbärtchen und cooler Sonnenbrille – Pasquale.

Er richtete das Fernglas auf das vordere Ende des Zuges, und die Welt verschwamm.

Sie hatten versucht, ihn an einem Bahnübergang zu stoppen. Die Schnauze der Lokomotive steckte in einem Gewirr brennender Lastwagen, aus deren Fenstern Flammen züngelten und von deren verschmorenden Reifen dichter Rauch ausging. El Marichal hatte gehofft, den Zug mit einem Überraschungsangriff einzunehmen, schnell zuzuschlagen und zu verschwinden, bevor Clemente Luftunterstützung heranschaffen konnte. Das war dumm, dachte Jorge; er hätte ihm genug Plastiksprengstoff geben können, um den Zug entgleisen zu lassen, das verdammte Ding aufs Dach zu schleudern *und* die Schienen zu zerstören, damit der nächste Zug gar nicht mehr durchkam. So aber wurde nichts erreicht, außer dass die Männer und Waffen verloren gingen, die Jorge brauchte. Sie hätten darüber sprechen, es durchdenken sollen. Jorge hätte ihnen helfen sollen.

«Haben sie es geschafft?», fragte Hector.

«Ja», sagte Jorge und reichte Gloria das Fernglas.

«Ha, der alte *maricón*, ich wusste, er schafft es!»

«Lass mich sehen», sagte Francisco, aber Gloria wischte ihn beiseite.

«Sie schießen nur aus dem Zug.» Sie sah Jorge an, als stimme da was nicht, und Francisco schnappte sich das Fernglas.

«Der alte Mann hat sie überrascht», erklärte Jorge. «Sie haben beschlossen, auf Unterstützung zu warten.»

«Was ist das denn für ein Zug?»

«Ein Panzerzug», sagte Francisco und reichte Hector das Fernglas. «Ich hab schon davon gehört, aber das ist der erste, den ich je gesehen habe.»

«*Madre de Dios*», sagte Hector. «Was für ein Chaos. Da

ist Ernesto, der arme Kerl. Und der da neben der Brücke sieht aus wie Tomás. Warum feuern sie denn noch? Die sind doch alle tot.»

«Das ist gut», beharrte Jorge.

«Das ist gut?», fragte Hector.

«Jede Minute, die sie dort aufgehalten werden, hilft uns.» Er nahm ihm das Fernglas ab. Die Werewolves ließen die Nasen zum nächsten Angriff sinken. Im Zuckerrohr rührte sich nichts außer den Flammen und dem aufspritzenden Schlamm. Die Geschützstände des Zuges blitzten auf.

«Wie viele Männer hat El Marichal?», fragte er.

«Fünfundzwanzig», schätzte Gloria.

«Weniger», sagte Hector.

Jorge zählte sechzehn, und in einem Kanal lag ein weißer Klumpen, der vielleicht noch einer war. Bei dem Qualm konnte er nicht alles erkennen.

Er reichte Francisco das Fernglas. «Beobachte das weiter. Wenn es aufhört, kommst du runter und sagst es uns. Und lass dich nicht von den Hubschraubern entdecken.»

Gloria führte sie wieder durch die Felsen. Jorge blieb hinter ihr und versuchte die Zeit zu nutzen, um nachzudenken. Jetzt stand die Aktion so kurz bevor. Eigentlich konnte er nicht mehr viel tun. Sie einstimmen. Für jede Aufgabe die richtige Person aussuchen. Die Ausrüstung kontrollieren.

Hinter ihnen im Tal knatterten schwere Automatikwaffen, die Werewolves peitschten die Luft. Die Ferien sind vorbei, dachte er. Zeit, sich an die Arbeit zu machen.

16

«Und?», fragte Luz. «Wie ist es gelaufen?» Sie saß aufrecht neben dem Feuer und drückte sich einen stinkenden Breiumschlag gegen die Hüfte. Felipe rührte in dem schwarzen Topf und ließ Rohrzuckersirup in etwas tropfen, das nach einer Getreidegrütze aussah. Das Radio spielte blechern. Jorge hatte gedacht, vielleicht sei Teófilo da, aber er war nicht gekommen.

«Es ging gut», sagte Jorge.

Hector sagte nichts.

«Gloria sagt, der Zug war gepanzert.»

«Ja.»

«Wie viele Waggons?»

«Zehn vielleicht», sagte er, obwohl er vergessen hatte, sie zu zählen.

«Viele Hubschrauber?»

Jorge nickte.

«Und trotzdem ist es gut gelaufen?»

«Sie halten den Zug dort auf.»

«El Marichal ist ein guter Mann, der letzte der alten *comandantes*. Heute Abend solltest du ihn nach deinem Großvater fragen. Er kennt so viele Geschichten.»

«Hast du Teófilo gesehen?», fragte Jorge, um das Thema zu meiden. Wieder sagte Hector nichts, und Jorge rechnete es ihm hoch an. Er fragte sich, ob er ihm so trauen konnte wie César und Rafael. Einen von ihnen würde er im Gebäude brauchen.

«Heute Morgen nicht», sagte Luz.

«Er war nicht dort oben.»

«Merkwürdig.»

«Vielleicht hat er sich versteckt», sagte Hector. «Oder er schläft.»

«Vielleicht ist er weggelaufen», sagte Felipe. «Oder er hat sich gestellt.»

«Nicht Teófilo», sagte Gloria.

«Und wo ist er dann?»

«Nicht auf seinem Posten», sagte Jorge und sah sich in der Höhle um, damit jeder sehen konnte, dass er enttäuscht war. Er reckte einen Finger in die Höhe, wie es sein Vater getan hatte, wenn er ihn belehren wollte. «Jetzt ist nicht der richtige Zeitpunkt für Nachlässigkeit. Wenn morgen alles vorüber ist, dann können wir uns Blödsinn leisten. Jetzt müssen wir besonders auf der Hut sein.» Er verlieh seiner Rede Nachdruck, indem er hinausging – noch so ein Trick seines Vaters.

Draußen war es wärmer. In der Ferne wummerten die Werewolves immer noch. Er nahm sein Gewehr ab und sprang die Stufen hinunter, immer eine auslassend. Er trat über den Damm und ging leise durch die Schlucht, sorgsam darauf bedacht, nicht zu spritzen. Der Bach war kühl um seine Stiefel, der Grund weich, und er wollte glauben, dass das Blut des Offiziers schon längst restlos fortgeschwemmt worden war. Er fragte sich, ob El Marichal bei seinen Männern gewesen war oder ob er in diesem Augenblick mit einer Zigarre und einem Glas Brandy am Schreibtisch saß und in der Stille der Mühle auf sie wartete.

Es war zu dumm. Sie hätten einfach die Schienen sprengen sollen. Es gab genug Antipanzerminen, die das geschafft hätten. Und billig waren sie auch. In El Salvador verkauften Teenager sie am Straßenrand wie Radkappen.

Typisch: Mangels einer Landmine zu hundert Dollar ging das Land verloren. Er stellte sich vor, er nähme an einem Spendendinner in Miami teil, tausend Dollar pro Gedeck, halte genau einen solchen Gegenstand in die Höhe und bäte die Gäste, ihre Scheckbücher für die gute Sache zu zücken. Idioten. Wenn sie wirklich etwas hätten tun wollen, dann wären sie hier geblieben, nicht mit Koffern voller Geld abgehauen.

Das Bild stammte von seiner Mutter. Sie erzählte Jorge gern, dass sein Vater nur mit einem Satz Kleidung angekommen sei, sonst sei sein Koffer nur prall mit wertlosen Pesos gefüllt gewesen. Wie sie darüber gelacht hatte. Dann wurde sie sehr ernst. Sie arbeiteten in den Zuckerrohrcamps, schliefen in rattenverseuchten Baracken aus Betonblöcken. Bevor Jorge geboren wurde. Oh, er hatte ja keine Ahnung, was sie wegen dieses Mannes alles hatte durchmachen müssen. Jede Nacht, sagte sie, wusch sie seine Unterwäsche im Waschbecken. Sie hielt ihre Hände hoch wie eine Chirurgin, als wären sie noch immer verschmutzt von ihm.

Er merkte, dass er platschend ging, und wurde langsamer, konzentrierte sich auf jeden Schritt. Die Schlucht tat sich auf, es wurde sonnig, und der Bach verteilte sich über eine große Schieferplatte und versickerte im üppigen Dschungel. Auf dem Pfad unter ihm, der zum Wasserfall führte, war niemand zu sehen. Es ging steil hinunter, und Jorge hängte sich das Gewehr über die Schulter und wischte sich die Schuhe ab, bevor er sich seitwärts an den Abstieg wagte, bremste, schlitterte und eine kleine Steinlawine auslöste. Der Offizier muss ein verdammt toller Reiter gewesen sein, dachte er. Aurelio auch. Er fragte sich, ob er ihm wieder trauen konnte. Reine Nervosität, all diese Grübeleien. Fast wäre er gestürzt, fing sich aber. Unten angekommen, entsicherte er sein M-16 und stellte auf Halbautomatik. Vor ihm, hinter der Biegung, stürzte der Wasserfall auf die Felsen und lenkte ihn ab. Er hielt sich im Schatten, mit einer Schulter stets an den Ranken, von denen die Felswand überwuchert war.

César und Rafael lagen auf der anderen Seite des Wasserfalls und hielten ihre Gewehre auf den Hauptpfad unter ihnen gerichtet. Als Jorge sich unter den Fällen hindurchduckte, warf Rafael einen Blick zurück und hielt eine Hand hoch, als drohe Gefahr. Jorge blieb stehen.

Rafael winkte ihn heran. Jorge hielt sich geduckt und legte sich dann flach neben sie. César deutete hinunter auf den Pfad.

Eine Kavalleriepatrouille kam vorbei; aufgefächert durchkämmten sie den Dschungel. Sie suchen nach ihrem Freund, dachte Jorge. Sechs oder sieben – die Blätter schützten sie. Alle trugen sie die gleichen grauen Mützen und Capes. Jorge entdeckte kein Funkgerät. Automatisch richtete er das Zielfernrohr auf die Brust des Reiters an der Spitze und hielt das Korn fest aufs Herz gerichtet.

«Warte, bis sie hier ins offene Gelände kommen», flüsterte Rafael.

«Wir müssen sie alle kriegen», sagte Jorge.

«Wir kriegen sie.»

«Nein.»

Eine Schnake landete auf Jorges Unterarm. Er zuckte mit dem Muskel, aber sie ließ sich nicht verscheuchen. Er pustete sie an. Die Patrouille war auf gleicher Höhe mit ihnen, ihre Profile schmal – schwierige Ziele. Die Schnake stach ihn und flog davon.

«Wir haben sie», bettelte Rafael.

«Die Chancen stehen zu schlecht.»

«Wir sind zu dritt», wand César ein.

«Denk mal nach», sagte Jorge. «Wenn einer entkommt, dann war's das – pff.»

Der Anführer verschwand hinter einem Baum, und Jorge verfolgte ihn und erfasste ihn auf der anderen Seite wieder. Er hatte ihn hoch am Rücken im Visier, direkt unter dem linken Schulterblatt.

«Ich erwische die ersten beiden», sagte Rafael.

«Die ersten beiden sind nicht das Problem. Alle zusammen – *und* die Pferde. Macht vierzehn.»

«Wir können sie doch nicht einfach ziehen lassen.»

«An jedem anderen Tag würde ich sagen, in Ordnung.»

«Das ist feige», sagte César.

«Wie war das?»

«Entschuldige, Don Jorge, aber –»

«Kein Aber. Wir können die Pferde nicht erwischen. Oder könnt *ihr* sie etwa erwischen?» Um sicherzugehen, sah er ihnen beiden ins Gesicht, dann ließ er den Anführer aus seinem Visier verschwinden und senkte die Waffe.

Rafael tat es ihm nach, dann César, obwohl er das Gesicht verzog. Sie schauten stumm zu, wie die Patrouille vorüberzog und dann vom Dschungel verschluckt wurde.

«Das macht mich krank», sagte Rafael. «Jetzt müssen wir sie bloß nochmal umlegen.»

«Das weiß ich», sagte Jorge, «aber nach morgen werden wir Hilfe haben.»

«Daran glaubst du wirklich?», fragte Rafael.

«Ich habe nicht die Wahl.»

«Und wir?», sagte César. «Welche Wahl haben wir?»

«Das kann ich dir nicht beantworten», sagte Jorge.

«Was ist mit El Marichal geschehen?», fragte César.

Jorge erzählte ihnen, im Großen und Ganzen sei es ein Erfolg gewesen.

«Ein sehr lauter Erfolg», sagte Rafael. «Ich wünsche Aurelio auch so einen Erfolg. Also, was müssen wir noch tun?»

«Du musst noch einmal zur Straße hinunter.» Jorge dachte daran, ihm den Plastiksprengstoff zu geben, aber er würde nicht reichen, um eine Brücke zu sprengen. Im besten Falle würde er einen Krater reißen. «Du wirst aber dein Gewehr hier lassen müssen.»

«Ich darf's ja sowieso nicht gebrauchen», meckerte Rafael und reichte es ihm. «Was zähle ich denn diesmal?»

«Alles, aber vor allem Truppen – und Panzer, alles, was gepanzert ist. Komm bei Einbruch der Nacht zurück. César, du bleibst hier, für den Fall, dass die Kavallerie zurückkommt. Und nicht schießen, es sei denn, es geht absolut nicht anders.»

Er gab Rafael seine Pistole und sagte zu beiden, sie sollten vorsichtig sein. Als er dann die Schlucht wieder hinaufstieg, ging ihm durch den Kopf, dass er für alles verantwortlich war, dass dies nun seine Männer waren. Er war sich nicht sicher, was er davon hielt. Er war stolz auf sie, aber aus den falschen Gründen. Sie versuchten, das Unmögliche möglich zu machen. Und obwohl er wusste, dass es romantisch und im Grunde kindlich war, konnte er nicht umhin, an ihnen die eine Eigenschaft zu bewundern, die er nicht besaß: Sie hatten keine Angst zu sterben.

17

Francisco kam zurück, als sie mit dem Essen fertig waren. Wortlos gab er Jorge das Fernglas, setzte sich, nahm seinen Cowboyhut aus Stroh ab und wischte sich mit dem Arm über die Stirn. Er wirkte blass und benommen, verkatert, von mangelndem Schlaf zermürbt. Die Wunde unter seinem Auge glänzte noch immer.

«Ist alles vorüber?»

Er nickte. «Die Hubschrauber sind abgezogen.»

«Und der Zug?»

«Wird inzwischen in Arriaga sein. Sie haben die Leichen mitgenommen. Die Felder brennen, aber es ist nichts mehr da.»

«Teófilo hast du nicht gesehen?», fragte Luz.

«Nein.»

Felipe brachte ihm einen Teller mit Bohnen und Tortillas. Francisco schaute darauf, dann zündete er sich eine Zigarette an. Er legte sich eine Hand auf die Stirn, bedeckte seine Augen und schnippte geistesabwesend die Asche in das Essen.

«Das war gutes Essen», schalt ihn Gloria, und er schob den Teller von sich und legte wieder die Hand über die Augen. Als er mit der Zigarette fertig war, zündete er sich eine neue an. Niemand sprach ein Wort.

«Was ist los?», fragte Jorge.

Francisco gab keine Antwort, sondern fuhr sich mit dem Daumen über die Schnurrbartspitzen, als denke er nach. Hector sah zu Jorge herüber und zuckte mit den Schultern.

«Sie haben nicht alle Leichen mitgenommen», sagte

Francisco schließlich. Er sah niemanden an, sondern hielt die Augen bedeckt und sog tief den Rauch ein. «Sie reihten sie am Zug entlang auf. Einer hielt sie fest, während ein anderer ihnen mit einem Bolzenschneider Hände und Füße abtrennte. Dann stand der Mann, der die Leiche festgehalten hatte, auf und stellte einen Fuß auf die Brust, und sie schnitten den Kopf ab. Dann haben sie den Rest aufgeschichtet, Benzin darüber gegossen und verbrannt.»

«Bastarde!» Gloria spuckte aus.

Für Jorge war das nichts Neues; in El Salvador hatten sie das getan, um die Rebellen identifizieren zu können und die Familien der Toten zu ärgern. Er versuchte, schockiert zu wirken wie die anderen. Es war Krieg; was erwarteten sie? Er sah noch die Stümpfe von Catalinas Fingern vor sich. Sie hatten sie Glied für Glied abgetrennt, um alles aus ihr herauszuholen, obwohl sie es bereits wussten. Noch so ein Spiel, das sie spielten. Der Professor hatte keine Hose an; die Innenseiten seiner Oberschenkel waren mit schwarzen Brandflecken von Strom übersät, ein Stück hellen Kupferdrahts steckte noch wie ein Splitter in seiner dunklen Haut.

«Wie viele Tote?», fragte Luz.

«Zwanzig. Mehr. Ich habe sie nicht gezählt.»

«Du zählst doch immer», sagte Luz. «Alle, denkt daran: Man zählt immer. War El Marichal darunter?»

«Das konnte ich nicht erkennen. Sie steckten die Köpfe in einen Jutesack und die Hände und Füße in einen anderen. Sie mussten zu zweit zupacken, um sie die Leiter hinaufzuwuchten.» Er lachte. «Einmal sind sie gestolpert, und der Fette hat den Dürren angeschrien. Wisst ihr, es gab da einen Fetten und einen Dürren, wie in einem Cartoon, und der Fette –»

«Genug», sagte Luz.

«Warte, warte», sagte Francisco und lachte; er bekam kaum Luft, als würde er einen köstlichen Witz erzählen. «Der Sack landete auf dem Fetten.»

«Genug, habe ich gesagt.»

«Und er schrie – aaahhh, hilf mir!» Francisco konnte nicht aufhören zu lachen.

«Halt den Mund!», sagte Luz, aber Francisco kicherte immer weiter, und Jorge bat Hector, mit ihm hinauszugehen.

«Zwanzig ist kein Erfolg», sagte Luz. «Zwanzig, das ist ein Massaker. Und der Zug ist in Arriaga. Das ist ein riesiger Fehlschlag.»

«Erst mal müssen sie hierher kommen», sagte Jorge.

«Wer soll sie denn daran hindern? Wir nicht – wir haben nicht genug Leute. Wir haben ja nicht mal genug Leute, um deine Station zu nehmen. Begreift ihr das alle? Wir haben nicht genug Leute, um die Station zu nehmen.»

«Doch», sagte Jorge stur. Es war sinnlos; selbst wenn sie nicht unter völliger Funkstille operieren würden, konnte er die Landung nicht mehr abbiegen. Erneut fragte er sich, ob sie womöglich nur ein Ablenkungsmanöver war, ein Mittel, um den größten Teil der Werewolves nach Süden zu locken.

«Wie viele brauchst du – zehn? Wir haben sieben.»

«Neun», sagte Jorge.

«Du zählst mich mit, und ich kann kaum gehen. Teófilo ist wieder auf die Farm zurückgegangen. Das macht sieben, die den Job von zehn erledigen sollen.»

«Du hörst dich an wie Aurelio», sagte Gloria.

«Wozu streiten?», sagte Felipe. «Sieben oder neun, wir müssen es einfach tun.»

«Stimmt schon», sagte Luz. «Ich will nur sagen, es wird schwierig.»

«Das wussten wir von Anfang an», sagte Gloria.

«Jetzt ist es anders», sagte Luz.

Jorge stimmte ihr zu und überraschte sie damit alle. «Aber der Alte hat Recht, wir müssen es einfach tun.»

«Auch wenn es unmöglich ist?», fragte ihn Luz herausfordernd.

«Ja», sagte Jorge. «Auch dann.»

«Nun, damit ist es bewiesen», sagte sie. «Du bist wirklich ein *americano.*»

18

Jorge räumte die Spielkarten und die Thunfischdose weg, die sie als Aschenbecher benutzten, und breitete die Azetatkarte auf dem Tisch aus. Er beschwerte die Ecken mit Kugeln aus seinem M-16, sodass die Innenstadt glatt dalag, und fischte einen Fettstift aus seinem Rucksack. Luz setzte sich neben ihn; Felipe und Gloria beugten sich über die Straßen. Jorge hatte Hector hinausgeschickt, damit er oben Wache hielt, und Francisco zum Wasserfall, zu Césars Verstärkung. Der Nachmittag schwand dahin, und weder Aurelio noch Teófilo waren zurück, auch wenn niemand diese Fakten erwähnte. Selbst Luz hatte El Marichal anscheinend aufgegeben.

Jorge arbeitete sich von der Radiostation rückwärts vor; er zog eine fette schwarze Linie durch den Park, wandte sich dann am *mercado* links. Das hatte Luz ausgeheckt. Sie würden sich als Bauern ausgeben, die auf den Markt zogen. Felipes Neffe war Fahrer in einem Staatskollektiv und hatte Zugang zu einem alten Laster. Sie würden den Laster mit leeren Melonenkisten beladen, ein paar volle zur Tarnung obenauf, eine Plane darüber werfen und sich für die Fahrt in die Stadt darunter verbergen. Neben dem *mercado* gab es ein leer stehendes Gebäude, in das sie sich zurückziehen konnten. Für das Weitere hatten sie falsche Papiere für alle, außer für Jorge, der immer noch als Diego Vargas durchgehen konnte. Es waren nur zwei Blocks bis zum Park.

«Außer für diejenigen, die deine Augen sein werden», korrigierte Gloria sie, beugte sich vor und deutete mit einem Finger auf den Hafen. «Die müssen es bis hierher schaffen.»

«Mit den Funkgeräten», sagte Felipe.

«Wen hast du dafür ausgesucht?», fragte Luz.

«Rafael und César.» Jorge erwartete Lob für seine Wahl, aber niemand sagte etwas. Es war offensichtlich: Sie waren die Stärksten, die Klügsten – somit natürlich die ersten, die geopfert würden.

«Sie können keine Gewehre mitnehmen», sagte Luz. «Sie werden sicher angehalten.»

«Nur Pistolen. Sie gehen als Verkäufer getarnt, mit Brotfrucht beladen.»

«Am Hafen?»

«Das fällt keinem auf.»

«*Ay*», sagte Luz, «schön wär's.»

«Ich werde sie hier» – er wies auf die Spitze der Molen – «und hier einsetzen.»

«Nicht so weit draußen», sagte Felipe. «Sie brauchen irgendeine Deckung.»

«Die Leuchttürme sind eingezäunt. Die Leute haben Löcher in den Zaun geschnitten, damit sie von dieser Seite aus angeln können. Sie können sich hier hinsetzen, und niemand sieht sie.»

«Du gibst ihnen also Angelruten», sagte Luz im Scherz.

«Die Stelle ist perfekt. Sie können sehen, wer es schafft, durch die Hafeneinfahrt zu kommen, und wer nicht. Wenn sie fertig sind, lassen sie die Funkgeräte einfach ins Wasser fallen und gehen wieder in die Stadt.»

«Und wenn sie den Hafen bombardieren?», fragte Luz. «Es gibt dort keinen Schutz.»

Daran hatte Jorge auch schon gedacht. Es stimmte, war aber nicht zu ändern. In das Schweigen hinein quasselte das Transistorradio irgendetwas über Pacifico-Bier. Er forderte Felipe auf, es auszustellen.

Die Stille war eine Erleichterung.

«Das ist die einzige Stelle.»

«Wahrscheinlich», räumte Luz ein. «Und die Station, wie kommen wir da rein?»

«Der Wachwechsel ist um sieben. Wir schnappen uns die Neuen, bevor sie noch richtig auf ihrem Posten sind.»

«Wir alle?»

«Ich allein. Es sind nur zwei. Wir wollen doch keinen Lärm machen.»

«Wie willst du sie denn beide töten?», fragte Gloria. «Wäre das zu zweit nicht leichter?»

«Ich bin für so etwas ausgebildet.»

«Und wir sind Amateure, willst du sagen?»

Ja, dachte er, blutige Anfänger, sagte aber: «Es gibt drinnen noch genug zu tun.»

«Wir haben dann ihre Gewehre», sagte Luz. «Das sind schon mal zwei mehr.»

«Die wir beim Rückzug brauchen werden.»

«Also haben wir im Augenblick», sie rechnete, «im Aufzug genug Gewehre für uns fünf.»

«Fünf?», fragte Gloria.

«Vier», sagte Felipe.

«Drei», sagte Jorge. «Der Alte, Gloria und ich. Aurelio bleibt hier und kümmert sich um dich.»

«Fünf», sagte Luz. «Du hast ihn doch heute Morgen gesehen – es geht ihm besser.»

«Ich habe ihn gesehen», sagte Felipe. «Er war immer noch betrunken von gestern Nacht.»

«Er hat sich geschämt, was bedeutet, dass er seinen Stolz wiedergefunden hat.»

«Und wo ist er dann?», fragte Gloria.

«Baut mit Teófilo zusammen Kohlköpfe an», witzelte Felipe, und Luz schlug ihm auf den Arm.

«*Cabrón*! Er ist zweimal mehr Mann als du.»

«Mir hat er keinen Beweis geliefert.»

«Worüber streitet ihr euch?», sagte Jorge. «Du kannst doch nicht gehen.»

«O doch», erwiderte Luz und erhob sich steif. Sie ging ein paar zögerliche Schritte und knickte an der Hüfte ein. «Ich kann durchaus gehen.»

«Auch rennen?», fragte Jorge. «Dreizehn Stockwerke hinaufsteigen?»

«Das brauche ich nicht.»

«Und wenn der Strom ausfällt?»

«Ich bleibe mit Hector und Francisco unten. Ich bin eine Besucherin, eine alte Frau, die auf ihre Tochter wartet. So kann ich die beiden im Auge behalten.»

«Wir können nicht auf dich warten», sagte Gloria.

«*Qué va,* wer hat dich darum gebeten? Gebt mir die Schrotflinte, und ich halte Clementes ganze Armee auf.» Sie humpelte noch ein wenig umher, um dem Nachdruck zu verleihen.

«Setz dich hin», befahl Jorge. «Du machst es nur schlimmer.»

Sie humpelte zum Feuer, dann wieder zurück, und die Anstrengung stand ihr ins Gesicht geschrieben. «Er wird zurückkommen. Bei der Jungfrau, er wird zurückkommen.»

«Dann gibt *er* bei der Radiostation auf dich Acht», sagte Jorge.

«*Tonto!*», sagte Gloria schockiert.

«Nein», sagte Felipe, «das wäre eine Dummheit.»

«Aurelio und kein anderer», sagte Jorge.

Luz blieb stehen. «In Ordnung», sagte sie und nickte kräftig, um den Handel zu besiegeln.

«Aber wenn er nicht zurückkommt, bleibst du hier.»

Sie antwortete nicht, doch Jorge bestand darauf.

«Okay», sagte sie. «Wenn er nicht zurückkommt, bleibe ich hier.»

«Was für ein Melodram», sagte Felipe, «um so eine Kleinigkeit.»

«Halt den Mund», sagte Luz und setzte sich endlich. «Und was passiert nun oben, was geschieht da?»

19

Es war fast dunkel, der Wind nahm an Stärke zu, Wolken kamen vom Meer herein. Aurelio fehlte immer noch, und Jorge bat Felipe, ihn zu der Höhle mit den Funkgeräten zu führen. Unten war alles still; Francisco hielt sich nicht mit der Parole auf. Die Hitze des Tages staute sich unter dem Blätterdach, dramatische Streifen bernsteinfarbenen Lichts brachen gelegentlich hindurch, schnitten Bahnen in die graue Luft, sprenkelten die Blätter. Felipe trottete mit seinem Gehstock voraus, und das billig gestickte Bild des Tigers auf seinem Rücken warf Falten und zwinkerte Jorge zu. Sie überquerten einen Bach, und Jorge dachte an den Offizier, der im Bachufer eingemauert war, an die Fotos von seinen Kindern. Der Tag morgen würde lang werden.

Sie hatten nicht über den Rückzug gesprochen, auch nicht über die Panzer, nicht über die Möglichkeit, dass das Ganze nur ein Ablenkungsmanöver war. Jorge fragte sich, ob die Männer seines Großvaters in der Nacht vor der Schweinebucht auch so entschlossen gewesen waren – zumindest einen Verdacht mussten sie doch gehabt haben. War sich sein Großvater auch so hilflos vorgekommen? Wieder wünschte sich Jorge, der Einsatz wäre kleiner. Er war nicht dazu bestimmt zu führen, er war nicht dazu geboren, trotz seiner Herkunft. Fast war er froh darüber, dass Teófilo desertiert war. Er wollte nicht für die Schwachen verantwortlich sein – für Hector und Francisco, die ihre Aufgaben nicht erfüllten, für Luz, die mit ihrer verletzten Hüfte gehen wollte. Er fragte sich, wie hoch hinauf diese Hilflosigkeit reichen mochte. Hatte

Forbes überhaupt eine Wahl, oder handelte er im Auftrag von jemand anderem?

Alles einfach haben zu wollen war eine Schwäche von ihm. In Miami hatte er ihr allzu oft nachgegeben – die austauschbaren Kellnerinnen am Strand, auf dem Balkon. Das in Treppenhäusern geteilte Kokain, die zu Schrott gefahrene Corvette. Das war eine Welt, die ihn nicht mehr interessierte, auch wenn sie ihm damals wohl wie echt vorgekommen war. Oder doch nicht? Er erinnerte sich an nichts mehr, nur noch an den letzten Morgen in El Salvador, an dem er neben Catalina aufgewacht war, und dann erst wieder an seine Landung hier. Das Jahr dazwischen existierte nicht, oder nur auf einer Ebene, die weniger bedeutete als Träume, als Zuckungen im Schlaf. So war es – nichts als Reflex, Fleischlichkeit, das Zucken durchtrennter Nerven. Das hier war etwas Anderes.

Welch edles Gefühl, dachte er, aber glaubte er wirklich, dies hier könnte ihm Erlösung bringen? Was hatte er denn sonst? In seinem Brief – unter der Frischhaltefolie, im zugeklebten Umschlag – hatte sein Vater geschrieben, es tue ihm Leid, und er wünsche sich, es könne anders sein; als hätte er keine Wahl gehabt. Jetzt, zum ersten Mal, begriff Jorge, dass sein Vater es nicht als Entschuldigung gemeint, nicht um Mitleid gebeten hatte, sondern in aller Ruhe eine Wahrheit anerkannt hatte, die er nach hartem Kampf nicht länger leugnen konnte. Welche Erleichterung, dachte Jorge, sich dem zu ergeben, was man für sein Schicksal hält. Es würde alles soviel leichter machen. Das war nicht alles barer Unsinn, aber zum größeren Teil schon, und Jorge wischte es beiseite und konzentrierte sich auf Felipes Fersen, die im Schlamm versanken und tiefe Abdrücke hinterließen.

Sie kamen an eine Weggabelung, und Felipe kniete nieder und zeigte Jorge drei Stöckchen, so übereinander gelegt, dass sie in der Mitte des einen Pfads einen Stern bildeten. «Aurelios Zeichen für Gefahr. Das ist ein Spiel, das wir mit der *guardia* spielen. Der andere Pfad ist vermint.»

«Glaubst du, er kommt wieder?», fragte Jorge, als sie weitergingen.

«Aurelio?» Felipe ging weiter, als denke er über die Frage nach. «Ich glaube, er hat Angst, aber ich glaube nicht, dass er ein Feigling ist. Er würde Luz nicht verlassen, das weiß ich.»

«Können wir es ihm anvertrauen, auf sie aufzupassen?»

«Das ist das Einzige, was du ihm anvertrauen kannst. Es ist schon traurig. Er war ein guter *comandante*. Wenn du am Kontrollpunkt gewesen wärst, hättest du ihn nicht wiedererkannt. Aber er hat zu viel gesehen, zu viele getötet. Das ist seine Krankheit.»

«Kennst du diese Krankheit auch?», fragte Jorge.

«Als ich jünger war, ja, unter deinem Großvater. Im Staatsgefängnis habe ich meinen Frieden mit diesen Männern gemacht. Seitdem habe ich nicht mehr getötet.»

«Morgen wirst du es müssen.»

«Das ist morgen. Damit kann ich heute noch nicht meinen Frieden machen. Aber du, du versuchst es, was?»

«Nein», sagte Jorge. «Es ist die Krankheit.»

«Dass ein so junger Mann sie haben kann, hätte ich nicht gedacht.»

«So jung bin ich nicht mehr.»

«Bedaure dich nicht. Das motiviert mich nicht dazu, für dich zu kämpfen – zu töten, wie du sagst.»

«Wie sollte ich dich denn motivieren?»

«Sag mir, dass du das Blut deines Großvaters in dir hast. Sag mir, Kuba sollte frei sein. Beides stimmt doch, oder?»

«Ja», sagte Jorge.

«Dann bin ich motiviert», sagte Felipe. «Aber nicht durch deine Krankheit.»

In der Dämmerung erhob sich vor ihnen die kahle Felsplatte, über die Aurelio sie geführt hatte, und Jorge erinnerte sich an die Schlucht und den Vorhang aus Bougainvilleen. Er war froh, dass es nicht mehr weit bis zur Höhle war. Sie würden es zurück schaffen, bevor es völlig dunkel wurde. Heute Nacht würden sie ihren Schlaf brauchen, und er musste ihnen allen noch die Aufgaben zuweisen, die Frequenzen auswählen, die Waffen überprüfen. Rafael und César würden mehr als nur Pistolen wollen; er würde sie vielleicht überreden müssen, ihre Gewehre herzugeben. Sollten sie frühstücken oder hungrig losmarschieren? Um jedes winzige Detail musste er sich kümmern.

Er sah auf die Uhr – damit musste er aufhören –, und gerade als sie oben ankamen, wehte ein fernes Wiehern zu ihnen herauf.

Felipe ließ sich fallen und machte sich flach, und Jorge musste zur Seite springen, um nicht auf ihn zu fallen. Er kam falsch auf, rutschte mit einer Handfläche über Schotter und schlug sich das Kinn an. Es war, als hätte er einen Kinnhaken abgekriegt; einen Moment lang war er betäubt und bekam keine Luft. Ein Kieselstein war ihm gegen die Brust geknallt, oder ein Knopf. Felipe klopfte ihm auf die Schulter, um sich bemerkbar zu machen.

«Da unten», flüsterte der Alte.

Die Schlucht war ganz in Schatten getaucht, der Sand mit Abdrücken übersät. Im schwindenden Licht dauerte es einen Augenblick, bevor Jorge das Pferd sah. Er rechnete mit Aurelios großem Wallach, aber es war eine braune Stute mit einem Fleck auf der Stirn. Ein groß gewachsener Offizier ritt langsam die Schlucht hinauf, das AK im Schoß, gefolgt von ein, zwei, drei weiteren; ein viertes reiterloses Pferd kam nickend hinterher.

«Er ist es», sagte Felipe, und Jorge sah, dass das vierte Pferd der Wallach war. Über den Sattel war eine Leiche gebunden, mit dem Gesicht nach unten, doch an der Windjacke erkannten sie Aurelio. Seine Arme baumelten herab, ein Ärmel verfing sich im Gestrüpp und fiel dann wieder herunter. Über die Flanken des Wallachs hingen seine altertümlichen Funkgeräte und wippten im Takt.

Jorges erster Gedanke war der eines Söldners: Morgen würden sie alles mit der Prick-60 erledigen müssen. Er würde César in der Radiostation einsetzen können. Ich sollte mich für meine Kaltherzigkeit schämen, dachte er, tat es aber nicht. Sie hatten sie ihm eingebläut, es war nicht seine Schuld.

Felipe sah zu Jorge hin, so als könnte der etwas unternehmen, dann schauten sie beide zu, wie der Offizier seine Stute in den Dschungel lenkte, die anderen ihm folgten und sie alle im Dunkeln verschwanden. Jorge blieb liegen, bis Felipe keine Gefahr mehr sehen würde, und dachte an Catalina, an den Professor und den Lohn für den Verrat. Ähnliche Gedanken hatte er auch in El

Salvador gehabt, in Belize, an all den Orten, in die sie ihn entsandt hatten. Er fragte sich, ob die *guardia* Aurelio erwischt hatte oder ob er sich gestellt hatte; ob er sie zu der Höhle geführt und erwartet hatte, dafür belohnt zu werden, oder ob sie ihn gefoltert hatten, bis er den Ort preisgab. Das machte einen großen Unterschied, obwohl es letztlich auf dasselbe Ergebnis hinauslief, wie er fand.

20

«Ich werde es ihr sagen», sagte Felipe auf dem Rückweg, als könnte Jorge es ihm streitig machen. Jorge dankte ihm, obwohl er darauf vorbereitet war, es zu übernehmen. Es war zwar nicht seine Schuld, aber er war dafür verantwortlich; er war gewillt, ihr Schluchzen, ihre Wut, die Schneide ihres Kummers zu ertragen – für kurze Zeit. Noch ein Tag, und er wäre fort. Glaubte er daran wirklich? Nein, und doch … Er war der Sohn seines Vaters, verantwortungslos, ein Entfesselungskünstler im Grunde.

Nun war die Dämmerung da; durch das Laubdach blinkten bereits Sterne. Sie krochen. Die Waffen im Anschlag, schlichen sie im Dunkeln voran, jeden Pfad meidend. Der Dschungel war erfüllt von Warnungen, Liebesrufen, Schreien. Sicher nur Affen. Felipes Tiger blitzte weiß auf und verschwand dann wieder. Er solle sich keine Sorgen machen, sagte Felipe. Die Kavallerie möge die Berge bei Nacht nicht, aber man sei doch besser vorsichtig, besonders jetzt.

Jorge konzentrierte sich auf ihre leisen Schritte und

hinterfragte jedes Geräusch. Er dachte an Aurelio, an die letzten Augenblicke. Zumindest war er bekleidet gewesen. Bei dem Professor hatte die Hose gefehlt, die Handgelenke waren ihm hinter dem Rücken mit Draht zusammengebunden. Als sie die schmutzige Plastikplane anhoben, fehlten Catalina ganze Haarbüschel, Zähne bohrten sich durch ihre Lippen. Er hatte nicht gewusst, dass der Operateur ihnen das antun würde, und zum ersten Mal spürte er das ganze Gewicht seines Verrats. Das gehört zum Job, hatte er damals gedacht; aber so dachte er jetzt nicht mehr. Wie hatte er nur so kaltherzig sein können? Und er kam zu dem Schluss, dass jener andere Mann – jener Jorge Ortega – nicht er gewesen war, dass er eine Zeitlang wahnsinnig oder von einem bösen Geist besessen gewesen war, genau wie in Miami. Wie wenig in seinem Leben er doch rechtfertigen konnte.

Er hatte den Operateur vergessen gehabt, den Raum mit dem alten Linoleum, den er nur leer gesehen hatte – drei, vier Schichten Bodenbelag in sich beißenden Mustern, die an abgewetzten Stellen wie Gesteinsschichten zum Vorschein kamen. Er stellte sich vor, wie der untersetzte Mann mit dem Arztkittel über dem feinen Anzug das Blut in eine Ecke wischte und den Wischlappen in einen Eimer auswrang, der mit etwas gefüllt war, das wie Tomatensuppe aussah.

Jorge stieß mit Felipe zusammen, der stehen geblieben war und mit schräggelegtem Kopf den Berg hinunter horchte.

«*Nada*», sagte der Alte und ging weiter.

«Sind wir bald da?», fragte Jorge flüsternd, und Felipe bejahte.

Sie folgten dem gewundenen Pfad bergan und kamen wieder an einem Stern vorüber. In der Ferne plätscherte Wasser. Jorge versuchte, nicht zu grübeln, aber seine Gedanken schweiften ab. Vielleicht war es für Aurelio schnell gegangen, der plötzliche Schlag einer AK-Salve, die ihn aus dem Sattel geholt hatte. Jorge hoffte es. Was konnten so ein paar Reiter einem hier oben schon antun? Prügeln konnten sie. Allenfalls zum Messer greifen. Sie waren Amateure, nicht wie der Operateur, der Termine vereinbarte, Gehilfen schickte.

«Hörst du?», fragte Felipe.

«Der Wasserfall.»

«Mal sehen, ob César schläft.»

Es war Francisco, sein Hut verriet ihn. César war zum Essen hinaufgegangen. «Wo sind die Funkgeräte?»

«Die Kavallerie war da», erklärte Felipe.

«Wie viele?»

«Genug.»

«Ist Rafael zurück?», fragte Jorge.

«Hier ist niemand vorbeigekommen.»

«Bleib wach», sagte Felipe, und sie verließen ihn.

Der Wasserstand des Bachs in der Schlucht war gefallen, und der Alte stolperte über Steine. Jorge griff nach seinem Arm, um ihn zu stützen, doch Felipe riss sich fluchend los.

«Es ist nicht wegen dir», entschuldigte er sich.

«Was wirst du ihr sagen?»

«Das, was gesagt werden muss.»

«Wie werden es die anderen aufnehmen?», fragte Jorge.

«Vielleicht wird es sie so beschämen, dass sie tapfer werden.»

«Beschämt es dich?»

«Und dich?»

«Ja», sagte Jorge.

«Gut», sagte Felipe und wandte sich ab, ohne die Frage beantwortet zu haben.

Die Decke war noch feucht vom Vortag; als sie sich in die Helligkeit der Höhle hineinduckten, leckte sie über Jorges Arm wie die raue Zunge eines Hundes. Es roch nach Talg und verbranntem Öl. Luz, Gloria und César saßen am Tisch und aßen Bohnen von Blechtellern. Am Feuer lehnte Teófilos AK. Jorge ging sogleich dorthin.

«Hector hat sie gefunden», sagte Gloria. Sie kam herüber und legte ihm eine Hand auf den Rücken, während er die Waffe inspizierte. «Sie lag in den Felsen. Das Magazin war voll.»

«Wenigstens hat er sie uns dagelassen.»

«Wie rücksichtsvoll», sagte sie verbittert. «Wo sind die Funkgeräte?»

Er sah zu Felipe hinüber, der sich neben Luz gesetzt hatte. César war aufgestanden und mit seinem Teller hinausgegangen.

«Lass uns draußen reden», sagte Jorge und nahm Gloria bei der Hand.

«Warum?»

«Draußen.»

Luz warf ihm einen besorgten Blick zu, als sie hinausgingen. Die Decke fiel hinter ihnen, und sie standen im Dunkeln. Unten wusch César sein Geschirr im Teich, und Jorge fiel der Offizier ein, dessen Mütze über den Rand des Damms gerutscht war.

«Was ist geschehen?», fragte Gloria.

Jorge drehte sie zur Wand, damit César seine Worte nicht hörte. Er berichtete ihr von Aurelio.

«War er bei ihnen?»

«Das wissen wir nicht.»

«Ich denke, am besten gehen wir davon aus, dass er nicht bei ihnen war.»

Jorge pflichtete ihr bei.

«Er sagt es ihr jetzt?»

«Ja», sagte Jorge und versuchte sich daran zu erinnern, wer ihm mitgeteilt hatte, was Catalina zugestoßen war. Er hatte es vergessen. Es hatte keinen großen Eindruck auf ihn gemacht. Es hatte ihm keinen Schock versetzt, weil er es schon wusste. Er hatte damals nicht daran denken wollen, also hatte er es auch nicht getan; nur hatte er dann das ganze folgende Jahr an nichts Anderes gedacht, hatte in jeder dunkelhaarigen Frau sie gesehen, war ihr die Trottoirs entlang gefolgt, in Bars, in Betten. Am Ende hatte er nichts von ihr zurückgewonnen und auch noch das wenige verloren, was von ihm selbst übrig geblieben war. Gerechterweise.

César kam im Dunkeln mit tropfendem Geschirr die Stufen hinauf, und Jorge hielt ihn an. «Was macht dein Arm?»

«Wieder in Ordnung.» Er drehte sich so, dass Jorge den frischen Verband sehen konnte.

Von drinnen kam ein Kreischen, dann Geschrei, so als würde Luz angegriffen.

César ließ den Teller fallen und versuchte sich vorbeizudrücken, seinen Blechbecher noch in der Hand, doch Jorge zog die Schultern vor und lüpfte ihn vom Boden, blockte ihn wie ein Verteidiger. Die Schreie wichen schrillen, lang gezogenen Schluchzern. César gab nach, Jorge ebenfalls, und beide keuchten sie vor Anstrengung.

«Was ist los?», fragte César.

«Aurelio», sagte Gloria, und César wich zurück.

«Was ist passiert?»

«Wir wissen es nicht», sagte Jorge und erzählte ihm die ganze Geschichte.

«Diese dreckigen Hurensöhne.»

«Schlimmer», sagte Gloria.

Drinnen hatte Luz aufgehört zu weinen. César hob seinen Teller auf. So standen sie im Dunkeln oberhalb des Teichs und lauschten dem Wasser, den Dschungellauten. Jorge sah zu den Sternen hinauf und fragte sich, wie das Wetter morgen werden würde, und Gloria ergriff seine Hand.

«Ich gehe zum Wasserfall hinunter», sagte César, und Jorge fühlte sich nicht gut. «Nimmst du das hier mit rein?»

Jorge ließ ihre Hand los und nahm Teller und Tasse.

Als César in der Schlucht verschwunden war, sagte Jorge: «Er ist eifersüchtig.»

«Und was soll ich da tun?», fragte Gloria und küsste ihn. Sie schmeckte nach Zwiebeln und scharfer Sauce, und Jorge stellte zu seiner Überraschung fest, dass er sich an ihren Mund gewöhnt hatte; seine Zunge wusste, wo die Lücken waren, und glitt durch sie hindurch wie ein Fisch durch ein Riff. Er zog sie an den Hüften zu sich heran und drückte den Teller an ihren Rücken.

«Du tust, was du willst», sagte er, und sie lachte. Er ließ Tasse und Teller fallen und hörte, wie sie aufschlugen, über die Kante rollten und ins Wasser platschten. Im

Dunkeln hätte sie fast Catalina sein können – ihre Schultern, ihre Rippen, ihre Brüste. Sie nahm seine Hände von ihrer Brust und küsste die Innenflächen.

«Hab ein wenig Respekt», sagte sie, und das nicht, um ihn zu necken. «Wir haben noch Zeit.»

«Nicht genug.»

«Heute Nacht bringe ich dich so weit, dass du mich mitnimmst.»

«Ich habe gesagt, ich tue es.»

«*Mira,* ich sorge dafür, dass es sicher ist.»

Nicht nötig, dachte er und hielt sie in den Armen. Er hatte sich nicht wegen der einen Nacht oder auch der zwei Nächte, die sie zusammen verbracht hatten, entschieden, sondern wegen des Lebens, das ihm noch blieb, zugunsten der Chance, mit ein wenig Ehre zu leben. Er wusste, das war ein letztes Ringen nach Luft; er würde die Firma verlassen müssen, in einen Vorort im Mittelwesten ziehen und häuslich leben, eine große Alarmanlage kaufen und sich von den Fenstern fern halten. Das alles war so weit entfernt von hier, selbst von Miami, aber er sah es durchaus vor sich – die Fahrten zum Kieferchirurgen, die Abende in der Küche, das Spülen von Geschirr bei Neonlicht, den billigen Chardonnay in ihren Gläsern.

Felipe schlug die Decke zurück, und ein Streifen Licht schnitt in die Dunkelheit. Er sagte nichts, nickte ihnen nur priesterlich zu – ruhig und sorgenvoll –, und sie folgten ihm hinein.

Jorge erwartete, Luz am Feuer liegen zu sehen, aber sie saß immer noch am Tisch und schob mit wilder Entschlossenheit Schrotpatronen in einen Munitionsgürtel aus Stoff.

«Ich gehe», sagte sie zu Jorge. Ihr Ton war fast eine Beleidigung.

«Hector wird dir helfen.»

«Ich brauche keine Hilfe. Ich gehe, und wenn ich kriechen muss.»

«Du gehst», sagte Jorge, um sie zu beruhigen, doch als sie von den Patronen aufblickte, sah sie ihn mit solchem Hass an, als hätte er Aurelio getötet.

«Du bist nicht mein *comandante*», sagte sie. «Du bist nichts weiter als ein *americano*, genau wie all die anderen. Er hat uns vor dir gewarnt, und wir haben ihn einen Feigling, einen Verräter genannt. Und siehe da, er hatte Recht.»

«*Lo siento*», sagte Jorge. Tut mir Leid.

«Und jetzt werde auch ich noch für dich sterben. Dafür, dass ich an dich geglaubt habe – an Amerika.»

Jorge konnte dem nicht widersprechen. Niemanden in Washington kümmerte das Land. Der Kalte Krieg war vorüber. Castro war tot, und es gab keinen Anlass mehr, das Gesicht zu wahren. Das Geld, Amerikas wahre Waffe, würde letztlich siegen, und alle wussten es.

«Aber du wirst dabei umkommen», redete Gloria auf Luz ein. «Du gehst lieber und stirbst, statt hier zu bleiben.»

«Ich bin bereit zu sterben.»

«Und ich etwa nicht? Und er?»

«Gut», sagte Luz. «Dann sterben wir eben alle.»

«Das bringt Unglück», sagte Felipe warnend, «so zu reden.»

«Ist mir egal», sagte Luz. «Es ist die Wahrheit, und alle wissen es.» Sie hatte den Patronengürtel gefüllt; nun stand sie auf, humpelte zur Ablage in der Wand und holte den Karton. Er war schwer, aber niemand rührte sich, um ihr zu helfen. Sie setzte sich wieder und begann, einen weiteren Patronengurt zu bestücken; mit gesenktem Kopf murmelte sie dabei vor sich hin. Gloria setzte sich auf den Stuhl neben sie und machte sich ebenfalls an die Arbeit.

«Fürchtet sich César etwa davor», fragte Luz laut, «eine alte Frau um ihren Mann weinen zu sehen?»

«Er schaut bei Francisco nach», sagte Jorge.

«Männer sind solche Feiglinge», sagte Luz zu Gloria, und Gloria – Jorge dankte Gott – nickte. Sie zählten die Patronen ab wie Bankkassiererinnen.

Gemeinsam mit Felipe legte er die Waffen auf seinem Schlafsack aus und verteilte die Munition, die sie gespart hatten. Er war jetzt froh um Teófilos AK; selbst wenn er Rafaels Mac-10 mitzählte, hatten sie ein Gewehr zu wenig. Die AKs konnten M-16-Munition verschießen, was die Sache erleichterte. Sie hatten genug, um hineinzukommen, aber sie würden ordentlich Feuerkraft brauchen, um wieder hinauszugelangen. Das Baseballstadion war acht Blocks entfernt, und die Straßen würden voller Panzer sein. Keiner von ihnen erwähnte El Marichal oder die leichte Panzerwaffe, die er ihnen versprochen hatte, und wieder sah Jorge die leere Mühle vor sich, das von Zigarrenrauch blau verqualmte Zimmer, den Bankiersanzug.

«Wir sind sieben», bemerkte Felipe. «Ich komme ohne aus. Wenn wir erst mal drin sind, haben wir genug.»

Jorge versuchte, mit ihm darüber zu reden, doch der Alte ließ sich nicht umstimmen. Jorge gab ihm seine Pistole, obwohl er nur noch drei Magazine hatte. Gloria würde Rafaels Mac-10 kriegen, Francisco Teófilos AK. Er stritt sich mit Luz nicht wegen der Schrotflinte, eine schlechte Wahl. Sie konnten ja wechseln, wenn sie erst mal im Gebäude waren.

Sie verteilten noch immer die Munition, als Rafael hereinkam. Alle drehten sich zu ihm um, froh, ihn zu sehen, als hätten sie befürchtet, auch er käme nie mehr zurück.

«Was ist denn los?», fragte er mit breitem Grinsen, und Luz erzählte ihm von Aurelio. Rafael ging auf ein Knie, nahm ihre Hand, nickte ernst und bekreuzigte sich unter Murmeln. Luz strich ihm übers Haar.

«Wir werden sie töten», sagte sie, und mit Tränen in den Augen stimmte er ihr zu. «Jetzt sei nicht so ein Waschweib. Du hast doch nichts verloren.»

«Er war mein *comandante.*»

«Ja, und jetzt ist das Ortega. Sag ihm, was du auf der Straße gesehen hast.»

Rafael stand auf und fand sofort seine Fassung wieder, als wäre seine Trauer nur gespielt gewesen. Er war Zigeuner, sein Leben beruhte auf Beschönigung und Theater. «Es ist die reinste Parade, so viele Panzer sind unterwegs. Und Raketenwerfer, manche auf Lastern.»

«Wie viele?», fragte Jorge streng, und Rafael zog einen Fetzen Papier aus seinem Kampfanzug.

«Zweiundzwanzig Panzer und sechzehn Raketenwerfer, sieben davon auf Lastern.»

«Wie viele Männer?»

Rafael drehte den Zettel um. «Dreißig und ein paar.»

«Dreißig Mann?», fragte Gloria.

«Dreißig Laster.»

«Wie viele auf jedem Laster?», fragte Felipe.

«Egal», sagte Luz. «Wir töten sie alle.»

«Sie standen gedrängt wie Vieh.» Rafael zog die Schultern hoch, um es ihnen zu demonstrieren.

«Sagen wir, je fünfundzwanzig», sagte Jorge. «Das macht eine ganze Brigade.» Und jetzt war er sicher, dass die Landung nur ein Ablenkungsmanöver war, dass Forbes sie aus Mariel nach Süden gelockt hatte. Aber das war wohl nicht mehr wichtig, nahm er an; sie würden es nie erfahren.

«Na gut», sagte er und schaute wieder auf seine verdammte Uhr. «Felipe, geh hinunter und sag ihnen, sie sollen raufkommen. Gloria, geh Hector holen.» Er breitete die Karte aus, und Luz musste ihre Patronen wegschieben. Die anderen rührten sich nicht, als habe er noch mehr zu sagen, weitere Instruktionen zu erteilen. «*Vámonos*», befahl Jorge. «Wir haben Arbeit zu erledigen.»

21

Sie schickten Hector als Wache nach unten und gingen früh schlafen. Um zwei sollte César ihn ablösen. Alle würden sie um fünf wieder auf sein. Gloria half Jorge dabei, sein Bettzeug zusammenzurollen, und trug es dann nach draußen. Vor der Höhle ging sie ihm aufwärts voraus. Im Dschungel war es still geworden, kein Vogel schrie, nur die Insekten summten. Gloria zog ihn weiter.

«Wohin gehen wir?», fragte Jorge, doch sie lachte nur und ließ ihn raten.

Sie führte ihn durch die Felsen, von denen aus sie den Zug beobachtet hatten. Das Tal bot einen spektakulären Anblick; von Arriaga stieg ein Lichternebel zum Nachthimmel auf, die Zuckerrohrfelder waren dunkel. Im schwarzen Herzen des Landes glitt nur ein winziges Paar Scheinwerfer spielzeugartig dahin. Im stillen Fluss spiegelten sich Sterne. Gloria breitete das Bettzeug aus und streifte ihr Hemd ab, und er tat es ihr nach. Es wehte ein kalter Wind, aber ihre Haut war warm. Ihr Mund schmeckte nach Rum.

«Ich dachte, ich hätte gesagt, kein Alkohol», sagte er.

Sie hatte Aurelios Flachmann bei sich, und er nahm einen brennenden Schluck. Sie zog ihn auf den Felsen; er war noch warm von der Sonne. Ihre Lippen fuhren brennend über seine Kehle. Der Wind peitschte ihr Haar gegen seinen Hals, seine Brust, seinen Bauch.

«Warte», sagte er, «komm her», und sie kroch wieder hinauf, küsste ihn und führte seine Hand in schlüpfriges Gelände.

Er kannte sie nun ein wenig, genug, dass er gern zu ihr zurückkehrte, mit sonderbarer Wehmut. Es lag nicht eigentlich an Catalina. Seit damals war er mit keiner Frau länger als eine Nacht zusammen gewesen – aus Angst vor einem Sakrileg, wie er nun glaubte, aus Furcht, er könnte eine andere finden. Gloria war ihm vertraut – der Duft ihres Haars, die Wärme ihres Halses, die Schale ihrer Hüften. Jetzt, wo ihre Hitze ihn umgab, brauchte er Catalina nicht. Gloria beugte sich zurück, ein Schatten auf einem Feld voller Sterne. Ihr Haar kitzelte ihn an den Knien. Sie lachte nachsichtig, aus tiefer Kehle.

«Sag, du nimmst mich mit», sagte sie.

«Ich nehme dich mit.»

«Sag, ich werde wieder schön sein.»

«Du bist jetzt schön.»

«Das ist gar nichts», erwiderte sie. «In Miami breche ich dir zweimal am Tag das Herz.»

«Du brichst es mir jetzt schon.»

«Was für ein Lügner du bist», sagte sie und wartete auf mehr.

Hinterher, als die Seebrise sie kühlte, schämte sich Jorge, als habe er Catalina betrogen. Sie lagen da und schauten zu den Sternen auf. Gloria bot ihm Rum an, aber er winkte ab.

«Wer ist die andere, an die du so viel denkst?»

«Niemand.»

«Sie ist hübscher als ich.»

«Nein.»

«Du liebst sie mehr.»

«Nein», sagte er wieder.

Gloria lachte. «Du lügst. Schau nicht so besorgt.» Sie legte den Kopf in den Nacken, sodass sich ihre Brüste hoben, und nahm einen Schluck. «Keine Ehefrau, hoffe ich.»

«Nein.»

«Eine Freundin.»

«Sie ist tot», sagte Jorge.

«*Lo siento*. Ich rede schändlich.»

«*De nada*. Du wusstest es nicht.»

«Nein», sagte sie. «Über Tote soll man nicht schlecht sprechen.» Sie stellte den Flachmann hart auf den Felsen und zog ihr Hemd an. Er wollte ihr sagen, sie solle damit aufhören, es auslassen, dass er sie in einer Minute wieder wolle. Sie schob die Beine in den Schlafsack, und er schmiegte sich an sie. Sie blieb steif und wendete sich ihm nicht zu. «Wenn du mit mir zusammen bist», sagte sie, «kannst du nicht an sie denken.»

«Ich weiß.»

«In Miami wirst du mir von ihr erzählen. Nicht jetzt.»

Er stimmte ihr zu, und sie nahm ihn wieder in ihre Arme.

«Es ist falsch», sagte sie. «Ich bin nicht deinetwegen traurig, sondern meinetwegen.»

Jorge wusste nicht, was er darauf sagen sollte.

«Mach mich nicht zu deiner toten Frau. Ich werde schon früh genug tot sein.»

«Tu ich nicht», sagte Jorge, doch später, als sie eingeschlafen war, wusste er, dass keiner von ihnen beiden diese Lüge glaubte.

22

Er dachte, er würde nicht schlafen können, doch als er aufwachte, wurde der Himmel im Osten langsam heller, überzog sich mit einem kräftigen Indigo, und Venus, der Morgenstern, hing tief über dem Horizont, fett wie ein Apfel. Klar, ein leichter Wind. Forbes hatte Glück. Doch es war noch nicht so weit; das grüne Zifferblatt seiner Uhr zeigte vier Uhr dreißig. Unten im Tal hing noch die Nacht. Der Fels war kalt geworden, und Jorge legte die Glieder um Gloria. Ihre Brüste unter dem Hemd waren warm. Strähnen ihres Haars verfingen sich in seinem

Schnurrbart. Er küsste sie auf die Stirn, und sie fuhr zusammen und drehte sich um. Er schmiegte die Beine an ihre, schnupperte an ihrem Hals und drückte sich an ihren weichen Hintern. Sie grunzte uninteressiert. Es war zu früh.

Jorge lag wach und ging die Straßen und die Einzelheiten durch. Er spielte den Rückzug durch wie eine Schachpartie. Im Untergeschoss gab es einen Frachtaufzug, der in eine Hintergasse führte. Bis zum Stadion waren es acht Blocks.

Vögel zwitscherten, der Himmel wurde lila. Das erinnerte ihn an die Tage des Frühjahrstrainings; wenn sie aufbrachen, brannten die Nachtlichter des Motels noch, die hölzernen Tribünen waren schwarz vom Tau, das Gras im Außenfeld war mit Fußspuren übersät. Sein Vater schaute gern zu, wenn die Pitcher liefen. Der Langsame ist immer das Ass, sagte er, so als sei darin eine Lehre verborgen. Sie führten Spielstatistiken, übergaben nach jedem Inning den Stift an den anderen; die Striche seines Vaters waren präzise, wie gedruckt. Während der zweiten Hälfte eines Doppelspielabends schlief Jorge an ihn gelehnt ein, seine Cola stand vergessen zu seinen Füßen und wurde lasch. Er wachte erst im Motel wieder auf, gerade lang genug, um seine Windjacke auszuziehen und ins andere Bett zu krabbeln. Sein Vater hatte den Fernseher leise an, und der Sportkommentator zeigte Höhepunkte der Spiele, die sie gerade gesehen hatten.

Er fragte sich, ob der heutige Tag es auch nur bis in die landesweiten Nachrichten schaffen würde. Wahrscheinlich nur in die lokalen – eine Schlagzeile im *Miami Herald*, eine weitere Rebellenoffensive gescheitert. Wenn aber Forbes tatsächlich im Norden angriff … Es war sinnlos, darüber zu spekulieren. Jetzt wollte er aufstehen, in Gang kommen. Gloria bewegte sich, drehte sich zu ihm um und murmelte etwas. Er beugte sich hinab, küsste sie feucht auf den Hals, und sie stöhnte und streckte sich, und ein Ellbogen traf ihn an der Schläfe.

«Baby», sagte sie, «*lo siento.*» Mit noch immer geschlossenen Augen zog sie ihn an sich heran, und eine Hand suchte nach ihm. «Ja», murmelte sie, «komm.»

Der Schlafsack war dünn, seine Knie auf dem Fels schmerzten, der Wind war kalt, aber das alles vergaß er. Sie öffnete die Augen und lächelte. Ihre Brüste unter dem Hemd hoben und senkten sich mit ihm. Er knirschte mit den Zähnen.

«Mach die Augen nicht zu», sagte sie. «Schau mich an. Sag meinen Namen.»

Das tat er, aber dennoch sah er die Hütte vor sich, bei jenem letzten Mal; die Sonne ließ Catalinas Kruzifix aufblitzen, sprenkelte die Wand, den erstarrten Gecko. Jorge blickte Gloria in die Augen; ihre Fingernägel gruben sich in seine Schultern.

«Du gehörst mir», wiederholte sie und bäumte sich ihm entgegen. Sie prallten wie verzweifelt gegeneinander, und die klatschenden Geräusche wirkten überhaupt nicht komisch.

«Gloria», sagte er.

«Komm jetzt zu mir, mein Geliebter. Nimm mich mit nach Miami.»

«Ja», versprach er. «Ja.»

Er wollte da sein, aber er konnte nicht. So ist es gekommen, dachte er. Du vergisst, was Liebe ist und wer du einmal warst, und dann bist du allein, und nichts mehr ist real. Abgesehen vom Revolver deines Vaters, der mal deinem Großvater gehört hat. Und den hast du in einem Gefrierbeutel oben in deinem Schrank liegen, unter den Laufschuhen, die du nicht wegschmeißen kannst, und eines Tages, eines Abends, als du nach der vorhergegangenen Nacht kaum denken konntest, hast du ihn unter der heißen Schreibtischlampe auseinander genommen, und dann bist du durch die Neonstadt gefahren und hast deine Corvette an den Stoppschildern abgebremst und die Teile einzeln in den Gully geworfen. Und dann warst du wieder allein, und im Fernsehen lief ein Spiel der Marlins ohne Ton, und du hattest deine eigene Pistole hervorgeholt – die keinem gehört, ein Ding ohne Geschichte –, und sie lag in deiner Hand unter der Lampe wie ein Wunsch, ein Versprechen; der Schweiß auf dem Metall roch wie eine Bleistiftmine, und deine Finger rutschten daran ab. Und dann hast du auch das vergessen, und nun bist du hier, verloren.

Er war fertig, und sie weinte und biss ihm in die Schulter. Etwas stimmt nicht mit mir, dachte er, und sie kann mich nicht davon erlösen. Sie tat ihm Leid, aber er war machtlos.

«Mein Geliebter», sagte sie. «Mein Liebling.»

«Ja», sagte er, «ja», und das war gut genug.

Es wurde Zeit, und sie zogen sich im Wind an. Sie warf das Haar zurück, fuhr mit dem Finger hindurch, und seltsamerweise begehrte er sie. Er würde seine Versprechen halten, er würde ein ehrenwertes Leben führen. Es war noch nicht zu spät.

Während er seine Stiefel schnürte, legte Gloria das

Bettzeug zusammen. Die Sonne war ein Hügel auf dem Meer und warf erste Schatten über das Tal. Darunter lagen die Zuckerrohrfelder in schwarzen Flecken und enthüllten ein säuberliches Netz aus Kanälen. Gloria ertappte ihn dabei, wie er die Eisenbahnschienen betrachtete, sagte aber nichts. Er stand auf, sie gab ihm das Bettzeug und nahm ihn bei der Hand, und sie gingen zwischen den Felsen hindurch und den Berg hinunter und sagten kein Wort.

23

Unten am Damm spritzte sich César Wasser ins Gesicht. Er hatte das Hemd ausgezogen, und sein Verband sah sauber aus. Er entblößte seinen Goldzahn und winkte ihnen lächelnd zu, als nähmen nun die Dinge endlich ihren Lauf. In gewisser Hinsicht stimmt das auch, dachte Jorge; er hörte nur die Bäume und die Vögel, die einander riefen. Er kannte dieses Gefühl, diese Leichtigkeit und schwindelerregende Freiheit, bevor es notwendig wurde, alles wieder zu verkleiden, alles zu filtern, sodass nur noch ein Ziel übrig blieb. Das kommt bald genug, dachte Jorge und winkte zurück, wie um ihm Glück zu wünschen. Gloria pfiff, und César spritzte nach ihnen.

Das Geschnatter des Radios erfüllte die Höhle, zusammen mit dem Duft aufgebrühten Kaffees. Das kleine Funkgerät stand auf dem Tisch zwischen Rafael und Francisco, die beide rauchten. Hector rieb Salbe auf seine Schürfwunde. Felipe war schon losgegangen, um den

Lastwagen zu holen. Er hatte seine Windjacke zurückgelassen, was Jorge stutzig machte. Rafael wies mit einer Kopfbewegung nach hinten, wo Luz in einem Koffer wühlte. Sie konnte heute besser gehen, humpelte aber noch und stöhnte auf, wenn sie sich vorbeugte. Sie reichte Jorge eine Papiertüte mit einer Khakihose und einem weiten Seidenhemd; er wandte sich ab und zog sich um – die Hose war weit und zu lang, auf dem Hemdkragen war ein Fettfleck –, dann bereitete es ihm Sorge, dass sein Kampfmesser nicht in die Taschen passen würde, von seinem Fernglas und dem Plastiksprengstoff ganz zu schweigen.

«Du trägst die Tasche hier», sagte Luz, und Gloria lachte über ihn. Es war ein schlechtes Zeichen; daran hatte er einfach nicht gedacht. Scheiße, dachte er, es ist noch früh.

«Was ist mit meinen Stiefeln?»

«Die wirst du brauchen», sagte Luz; als wenn die keinem auffallen würden.

Es gab keine gescheite Möglichkeit, die Waffen zu verstecken; mit der abgesägten Schrotflinte ging es noch, aber die Gewehre stellten ein Problem dar, vor allem das M-16. Man musste sie in Decken wickeln und so tun, als handele es sich um Mikrophonständer oder Lampen oder dergleichen. Es geht nur um zwei Blocks, dachte er, und davon die halbe Strecke durch den Park. Aber es blieb ein Risiko, wenn die Stadt sich in Alarmbereitschaft befand. Er würde sein Gewehr bei Gloria lassen und nur mit seiner Pistole und dem Messer hineingehen. Wenn er fertig war, würden sie die Gewehre rasch über die Straße schleppen. Wenn sie erst mal drin waren, war es egal.

«Wie tarnen wir die Gewehre?», fragte er Luz.

«*Qué va*, nicht alles kann perfekt sein. Wir brauchen eben ein bisschen Glück. Das ist nur eine Kleinigkeit.»

«Eine Kugel ist auch eine Kleinigkeit», sagte Gloria und legte sich ein Tuch um die Schultern.

«Ich kann mich nicht um alles kümmern», entgegnete Luz.

«Meins ist kein Problem», sagte Rafael und zeigte Gloria, wie sie die kompakte Mac-10 unter ihrem Tuch verstecken konnte. Er klappte den Schaft von Teófilos AK ein, sodass Francisco sie unter Felipes weite Windjacke schieben konnte.

«Bleiben noch die beiden da», sagte Jorge und wies auf die M-16.

Rafael sah sie sich an, die Hände in die Hüften gestützt, und zuckte nur mit den Schultern. «Was soll man von amerikanischen Waffen schon anderes erwarten.»

«Wir brauchen sie.»

Luz nahm eine hoch, richtete sie zu Boden und maß sie an ihrem Bein; sie war zu lang.

Gloria nahm sie ihr ab. «Wir brauchen sie erst, wenn wir drin sind.»

Alle nickten.

«Warum kann sie dann nicht jemand in einer Kiste über die Straße tragen?»

«Und wo willst du die Kiste hernehmen?», fragte Francisco.

«Vom *mercado* oder vom Laster. Da gibt's doch sicher Kisten, die groß genug sind.»

«Für Fisch», sagte Hector. «Sie packen sie voll mit Eis, um sie nach Arriaga transportieren zu können. In so eine dürften sie beide hineinpassen.»

«Na also», sagte Rafael, als wäre er selbst darauf gekommen, klopfte Jorge auf den Rücken und setzte sich wieder hin.

César kam mit tropfnassen Haaren herein. Im Radio klang eine alte Soca aus, und der Morgenmoderator spielte einen Jingle für Bustus Domecq ein – eine Parodie mit rüden Klangeffekten, und Francisco lachte. «Den Kerl möchte ich mal kennen lernen.»

«Na klar», sagte Luz. «Wir warten einfach bis heute Abend. *Stupido.*»

Rafael brachte sie zum Schweigen. Er wandte sich an Jorge. «Wie lange noch?»

Der Sekundenzeiger schien zu fliegen. «Fünf Minuten.»

Luz führte César und Hector nach hinten zum Feuer, um ihnen ein paar Klamotten zu geben. Francisco überprüfte noch einmal seine Munition, und die Magazine beulten die Taschen der Windjacke aus wie Steine. Gloria übte, mit der Mac-10 unauffällig zu gehen. Rafael saß nur am Tisch, rauchte und trank seinen Kaffee, und Jorge war froh, weil er die richtige Wahl getroffen hatte. Er schleppte seinen Rucksack zu einem Stuhl und gab die Kombination ein.

«Wie rede ich mit dir?», fragte er Rafael aus und wühlte in seiner Ausrüstung.

«Über das Walkie-Talkie.» Er nahm es in die Hand und spulte herunter, was sie gestern Abend besprochen hatten. «Ich rede mit dir übers große Funkgerät. Ich sag dir bei jedem Hubschrauber, den ich sehe, bei jedem Landungsfahrzeug, das es in den Hafen schafft, Bescheid. Und wo Clementes Panzer stehen und seine Männer. Ruhig, mit klarer Stimme. Ich wiederhole alles. ‹Ich wiederhole›, sage ich und sag es noch einmal.»

«Woher weißt du, dass ich alles verstanden habe?»

«Du sagst ‹Roger›.» Rafael war gelangweilt.

«Und wenn ich nicht verstehe?»

«Dann sagst du ‹Wiederholen›. Aber ich habe noch eine Frage.»

«Was?», sagte Jorge und sah von dem säuberlich verpackten Plastiksprengstoff auf.

Rafael hielt das Funkgerät hoch und deutete auf die kleine geriffelte Klappe auf der Rückseite. «Du hast Ersatzbatterien, richtig?»

Neun Volt. Die blöden viereckigen Dinger.

«Nein», sagte Jorge. Er nahm ihm das Funkgerät ab und schaltete es aus.

«He», sagte Rafael lachend, «wir kaufen einfach morgen welche, was?»

Jorge packte den Plastiksprengstoff in die Tasche, darüber sein Fernglas, sein Überlebensmesser von den Marines und deckte alles mit einem schmutzigen T-Shirt zu. Sie packten Rafaels Rucksack und falteten die abknickbare Antenne des Prick-60 so zusammen, dass er sie schnell ausfahren konnte. Felipes Neffe würde Brotfrüchte für ihn mitbringen, eine Angelrute und einen Eimer für seinen Fang. Im Hafen wird es nur so wimmeln, dachte Jorge. Clemente wird bereit sein.

«Okay», sagte Jorge, sodass ihn alle hören konnten, und sie hielten inne und sahen ihn an, als wolle er eine Rede halten.

Er kannte diese Stille; an jenem Morgen in El Salvador hatte Catalina darauf gewartet, dass er etwas sagte, der

Professor hatte starr hab Acht gestanden, wie um zu beweisen, dass er furchtlos war. Und am Ende stimmte das auch. Sie mussten die Antworten aus ihm herausbrennen, die Bastarde, das Feldtelefon bis zum Anschlag aufdrehen, bis es schrillte und die Drähte an seinen verbrannten Schenkeln knisterten. Catalina hatte es ihnen auch nicht einfacher gemacht.

Doch jetzt fiel ihm nichts Aufmunterndes ein. Für Santa Rosa? Für meinen Großvater? Für meinen Vater? Meine Mutter? Seit Jahren schon glaubte er an nichts mehr, am wenigsten an sich selbst. Amerika. Kuba. Freiheit. Das Volk. Wörter bedeuteten nichts, Wünsche auch nicht. Mit dem Bedauern war es genauso. Es gab nur den vor einem liegenden Tag, die Arbeit, die getan werden musste.

Nacheinander ging er auf jeden in seiner Truppe zu, fast ein Appell, und fragte, ob sie bereit seien, ob sie wüssten, was zu tun sei. «*Esta listo*?» Es ging schnell, die Antworten kamen leise, gleich lautend, emotionslos.

«César», sagte er, «du gehst voran. Rafael als Zweiter, dann Hector und Gloria. Luz, du gehst mit mir und Francisco.»

César half Rafael mit dem Rucksack, schob die Decke mit dem Lauf seines M-16 beiseite, und die Sonne ergoss sich in die Höhle. Sie ließen das Feuer brennen, die Karten auf dem Tisch liegen, die Stühle umgeworfen, der Kaffee noch dampfend. Sie ließen Jorges Rucksack, seinen Schlafsack und seine Kleidung zurück. Er ließ die Decke fallen, dann stützte er Luz von seiner Seite, und Francisco tat das Gleiche.

Die unebenen Stufen waren schwierig zu überwinden.

Gloria warf einen Blick zurück, um zu sehen, ob alles in Ordnung war. Ihr Gesicht war finster geworden, die Augen klein, die Lippen schmal: eine Killerin. Vögel kreischten im Blätterdach. Das Licht lag in Flecken und Fetzen auf dem Teich, es zitterte in der Brise. Während des Abstiegs sah Jorge kurz Césars Teller auf dem Grund blinken wie eine Radkappe. César und Rafael vor ihm in der Schlucht waren nur noch Umrisse, gezackte Silhouetten in einem Tunnel, an dessen Ende als blendend weißer Kreis die Sonne stand. Es würde ein heißer Tag werden, dachte er. Ein langer, heißer Tag.

24

«Wartet», sagte Jorge, und Gloria blieb stehen und schaute zu ihm zurück. Schweiß schimmerte an ihrem Hals. Sie rief den Befehl Hector zu, der ihn an Rafael weitergab, und der forderte César dazu auf.

«Es geht mir gut», sagte Luz und hielt zum Beweis eine Hand hoch, aber sie keuchte, und ihre Augen schimmerten vor Schmerzen. Mit seinem Blick verlangte Francisco von Jorge eine Entscheidung. Sie waren unterhalb des Hauptpfades, auf einem alten Holzweg, kaum mehr als eine lange Furche orangefarbenen Schlamms. Weit unten im Tal lauerte die Sonne auf der Skyline der Stadt – bestehend aus der Radiostation, den Bürogebäuden, den zerstörten Hotels. Auf den Feldern warfen einsame Banyanbäume lange Schatten. Alles verzögerte sich, und Luz wusste es.

«*Vámonos*», sagte sie. «Geht. Felipe wartet auf euch.»

«Es ist nicht mehr weit», log Jorge.

«Ich kann nicht mehr.» Sie setzte sich in den Schlamm und ließ den Kopf hängen.

«Du hast gesagt, du würdest kriechen.»

«Ich hab mich geirrt.»

Er beugte sich vor und packte sie unter der Achsel. «Fass mit an», sagte er zu Francisco, und gemeinsam hoben sie sie auf.

«Ihr Idioten!», sagte sie. «Lasst mich.»

Jorge hörte nicht auf sie. «So», sagte er und zeigte Francisco, wie sie ihre Arme zum Tragesitz verbinden konnten.

«Das ist doch blöd», sagte Luz.

«Auf», sagte er zu Gloria, über die Proteste von Luz hinweg.

Luz war leicht, aber der Schlamm sog an ihren Fußgelenken. Francisco stolperte, und sein Raucheratem war über ihren Schoß hinweg zu riechen. Luz murmelte und fluchte über sie, als seien einzig sie an allem schuld. Jorge wollte auf die Uhr sehen, wollte wissen, wie viele Minuten sie verspätet waren. Sie mussten um sieben Uhr zwanzig auf Sendung sein. Er hatte einen Puffer eingebaut, aber der war bereits verbraucht.

Während sie die Furchen entlangstapften, schlug ihm die Tasche gegen die Hüfte, und er sehnte sich nach seinem Rucksack. Vor ihm tat Gloria einen Schritt und versank bis zur Wade im Schlamm. Nur halb belustigt blickte sie zu Jorge zurück, und für einen Augenblick war sie Catalina, die sich unter der Hochspannungsleitung auf ihrem Esel zu ihm umdrehte, und der Staub vom Pferd des Professors verschleierte ihr Gesicht.

Wie hauchfein die Erinnerung doch war, und wie solide zugleich. Immer wieder besuchte er jenen einen Tag wie seine private Insel, auf der er sich vor der übrigen Welt verbarg. Als könnte er die Menschen dort wieder lebendig werden lassen, indem er sich seine Gespräche mit ihnen immer von neuem vorspielte. So lange quälte ihn das schon, dass es fast einen Trost darstellte.

«Welchen?», fragte der Professor, und Jorge wählte immer denselben Hochspannungsmast. Die Nieten bluteten Rost auf den Betonsockel; er war voller Poren, und ein Wasserkäfer huschte über eine winzige Pfütze. Catalina stieg ab und half ihm, den Plastiksprengstoff auszupacken. Das Zeug war grau, gummiartig, es roch nach Chemie, eine tödliche Knete. Es gab genug für drei der vier Füße. Jeder von ihnen formte einen softballgroßen Batzen um die unterste Niete. Jorge forderte die beiden anderen auf zurückzutreten, bevor er die Sprengkapseln hineindrückte. Er rollte die Detonationsschnüre aus, indem er rückwärts den Hügel hinaufging und dann wieder hinunter, um sie zu verbinden. Der Professor hielt mit seinem Karabiner Wache, als rechnete er jede Sekunde damit, dass die Armee über sie herfiel. Jorge musste seine Nervosität vortäuschen; die Miliz der Gegend hatte strikten Befehl, sich fern zu halten, ihnen genügend Zeit zur Flucht zu geben. Er ging wieder zu Catalina hinauf; sie hielt die beiden Drähte weit auseinander.

«Sie dürfen sich ruhig berühren», sagte er. «Da passiert nichts.»

In seinem Rucksack hatte er ein Paar Auslöser für eine Personenmine. Er schloss sie an die Drähte an und reichte Catalina einen davon, dem Professor den anderen.

«Was machen wir jetzt?», fragte der Professor, und Jorge antwortete: «Sprengen.»

Das war jetzt ein Jahr her – länger –, und dennoch sah er noch die gerötete Stelle an ihrem Hals, die sein Bart hinterlassen hatte, spürte noch den Stecker ihres Ohrrings an seinen Zähnen. Er hörte noch, wie er bei jenem letzten Mal, an jenem Morgen in der Wellblechhütte, ihren Namen ausgesprochen hatte; und dann erinnerte er sich daran, wie er ein paar Tage später aus dem Polizeihauptquartier in die Backsteinhalle hinausgetreten war, in der ein paar Wachleute Orangina tranken, billige Zigaretten rauchten und einander die *futbol*-Ergebnisse vorlasen. Sie verstummten, nahmen Haltung an und machten ihm Platz, denn er war der Amerikaner und heute berühmt, die Rebellenführer in sicherem Gewahrsam. Er wollte, dass einer von ihnen etwas Witziges sagte, damit er auf ihn einschlagen konnte; und er würde erst dann aufhören, wenn sie ihn in die Knie gezwungen hatten.

Aber das ist alles längst vergangen, dachte er und zog den Fuß aus dem Schlamm. Vergangen wie sein Vater und die signierten Bälle, die er in seiner Kommode aufbewahrt hatte, signiert von Toten. Wie seine Mutter, deren Schecks zu seinem Geburtstag mit der Post aus Iowa kamen und jeder höher als der Letzte, als bekäme er eine Gehaltserhöhung allein dafür, dass er wieder ein Jahr ohne sie überlebt hatte. Alles vergangen. Jetzt gab es nur den heutigen Tag, die nächsten paar Stunden, den nächsten Schritt. Das mochte er an diesem Job, die Unmittelbarkeit, die Notwendigkeit, sich auf kleine Dinge zu konzentrieren. Er war einmal besser darin gewesen, entschlossener, nicht so zerstreut. Komisch – selbst das war vergangen.

Sie befanden sich in den Hügeln zu Füßen der Berge. Die Straße wich einem festgetretenen, fast ebenen Pfad. Luz wurde allmählich schwer; Francisco warf ihm flehende Blicke zu. Jorge ließ anhalten, César und Rafael kamen zurück und lösten sie ab, Hector ging an die Spitze. Jorge sah auf die Uhr; sie waren fünf Minuten hinter der Zeit. Die würden sie im Laster aufholen. Nach Felipes Anweisungen waren es nur noch dreihundert Meter.

Das Blätterdach lichtete sich, die Sonne lag heiß auf Glorias Haar, und Jorge musste blinzeln. Sie kamen an einem Feld mit mannshohem Mais vorbei, dessen harte Blätter nach ihnen ausholten, um ihre Arme zu ritzen. Der Boden unter ihren Füßen war weich, und die Luft roch nach Dung. Am Ende der Reihe sollten sie abbiegen und einem Bewässerungsgraben folgen. Mit erhobener Hand ließ Jorge anhalten und spähte um die Ecke. Vor ihm stand, wie versprochen, eine rostige Nissenhütte.

«Ich schau mal nach», sagte er zu ihnen und ließ seine Tasche bei Gloria. Er duckte sich mit seinem M-16 in den Mais, und die Blätter schlugen ihm ins Gesicht. Als er auf einer Höhe mit der Hütte war, sah er den Laster darin, daneben Felipe mit einem viel jüngeren Mann im Overall und mit einer New-Yorker-Yankees-Kappe. Beide rauchten sie Zigarillos.

«*Cabrón*», rief Jorge und trat aus dem Mais, das Gewehr an der Seite, damit er den Neffen nicht erschreckte. In der Nissenhütte roch es nach Motorenöl und altem Heu.

«Habt ihr euch verlaufen?», fragte Felipe.

Jorge rief die anderen, dann erklärte er, warum sie verspätet kamen.

Der Neffe hieß Moises. Der Schirm seiner Baseballmütze war zerschlissen, das weiße NY schmutzig. Er schüttelte Jorge die Hand wie einer von den Marines.

«Schau mal», sagte Felipe. Er griff in die Fahrerkabine und zog das AK mit selbstgefertigtem Holzschaft hervor.

Jorge sagte, er könne die Pistole behalten, aber Felipe bestand darauf, sie ihm zurückzugeben, samt den Magazinen.

«Damit kann man nicht kämpfen», sagte er abschließend und wandte seine Aufmerksamkeit Luz zu, die zwischen César und Rafael nahte wie eine Königin.

«Mir geht es bestens», behauptete sie, aber sie mussten sie zu dritt auf die Ladefläche des Lasters heben.

Der Neffe hatte für alles vorgesorgt. Er hatte herrliche Brotfrüchte für Rafaels Rucksack dabei, eine Bambusangelrute und einen Weidenfischkorb und eine Feldflasche für sie alle. Der Laster war ein alter GMC; sein massiger Kühlergrill glich der Schnauze einer Bulldogge. Alle acht passten sie bequem unter die Plattform aus leeren Melonenkisten. Darüber hatte der Neffe mit Draht volle Kisten befestigt, eine muffige Plane über das Ganze geworfen und sie mit Wäscheleine festgezurrt. Drinnen war es dunkel, bis auf das Schiebefenster, das in die Fahrerkabine ging und ihnen über die Motorhaube hinweg einen Ausblick auf die leuchtenden Maisfelder bot. Als Moises einstieg, öffnete er das Fenster und fragte, ob alles in Ordnung sei.

«*Bueno*», sagte Jorge.

«Am Kontrollpunkt», sagte Moises, «schiebt ihr einfach die Kiste da vors Fenster.»

Es war keine ganze Kiste, sondern nur eine Seitenfläche, eine gewachste Schicht Pappe mit einer grinsenden Melone darauf. *Product of the People's Republic of Cuba* stand darauf. Die Melone trug ein Käppi wie Castro.

Moises manövrierte den Laster aus der Nissenhütte, und Jorge musste sich am Fensterrahmen festhalten. Luz stöhnte, und Gloria stützte sie ab. Sie holperten über ein Rohr und bogen in eine staubige Straße ein. Steine schlugen gegen den Unterboden. Die Ladefläche war hart und roch nach Vermodertem, und der Schlamm an ihren Stiefeln stank. Jorge beugte sich näher ans Fenster, um frische Luft zu schöpfen. Sie fuhren zwischen Maisfeldern hindurch, von Wassergräben unterteilt.

«Du bist aus Miami», sagte Moises über den Motorlärm hinweg, als kenne Jorge vielleicht Freunde von ihm. «Ich hab mich immer gefragt, wie's da wohl ist.»

Jorge dachte daran, dass er als Kind vor allem anderen Santa Rosa hatte sehen wollen – die Strände, das Baseballstadion, die Gärten. Sie waren großartig, ja, aber als er zum ersten Mal hierher gekommen war, waren ihm die Slums aufgefallen, die Arbeitslosen, die durch die heißen Straßen schlichen, die offenen Gullys, die Verschmutzung. Oder lag das nur an ihm, der er den Hang seiner Familie zur Katastrophe geerbt hatte? Er hatte zu lange mit den Toten gelebt, sie zu sehr geliebt.

«Es ist eine schöne Stadt», sagte Jorge. «Du machst dir keine Vorstellung von dem Geld dort.»

«Ich habe im Fernsehen die Autos gesehen.» Der Neffe bremste, als sie sich einer asphaltierten Straße näherten – die alte Asphaltdecke war ganz grau geworden, die schweifenden Linien der Risse waren mit schwarzer Masse gefüllt. Die Reifen erklommen den Straßenrand;

Moises versuchte, sanft mit ihnen umzugehen. Als der Laster vorschnellte und dann schwer aufschlug, löste sich ein Schuss – ohrenbetäubend laut unter der Plane.

«Alle Waffen sichern», schrie Jorge, aber in der falschen Sprache, als wäre er wieder auf dem Schießstand in Langley. Er wechselte ins Spanische und schrie noch lauter. «Ist jemand getroffen worden?»

In der Stille hörte er, wie Moises nach dem dritten Gang suchte und die Kupplung knarrte.

«Das war meine», sagte Hector und entschuldigte sich. «Der Schuss ist senkrecht nach oben gegangen.»

«*Culo*», sagte Felipe.

«Hast du sie jetzt gesichert?», fragte Jorge unwirsch.

«Ja.»

«Lass sie gesichert, bis wir ins Gebäude kommen. Das gilt für alle.» Immer noch stinksauer, sah er wieder durchs Fenster. Die Asphaltstraße führte kurvenlos durch Felder.

«Verdammt», sagte er.

«Alles in Ordnung?», fragte Moises.

Jorge verstand nicht, wie Forbes realistischerweise von ihm erwarten konnte, dass er das hier durchzog. Es musste ein Ablenkungsmanöver sein. Forbes hatte einkalkuliert, dass er es würde tun *wollen*. Santa Rosa, sein Großvater. Billige Psychologie; er hatte gewusst, dass Jorge nicht würde widerstehen können.

Er hielt seine Uhr ans Licht.

«Ein bisschen schneller», bat er Moises, und der Laster beschleunigte.

«Du kennst doch den Wagen, den Don Johnson fährt – den Baracuda?», fragte Moises. «Also, das ist ein schöner Wagen.»

Er fuhr, wie um zu beweisen, dass er, ein Genießer der Straße, einen solchen Wagen verdiente. Die Plane flatterte und knatterte im Wind. Es herrschte kein Verkehr, nur gelegentlich kam ihnen ein Volkswagen entgegen, ein alter Mann auf dem Fahrrad; oder ein verreckender Traktor kreuzte keuchend die Straße. Meilenweit nur Mais und Zuckerrohr. Die Schilder, an denen sie vorbeikamen, waren handgemalt. Moises schnitt die Kurven und nahm die Gegenspur, um das Tempo zu halten. Sie lagen in der Zeit, hatten sogar etwas gutgemacht. Dürre Kühe starrten sie verloren an und kratzten sich an Zaunpfosten die Hälse. Moises sang einen alten Song der Wailers: *Baby don't worry 'bout a thing, 'cause every little thing's gonna be all right*. Hinten blieben sie still und blinzelten in der Dunkelheit. Hector entschuldigte sich ununterbrochen, bis Luz sagte, er solle den Mund halten.

An einer Kreuzung wurden sie langsamer. An der Ecke stand ein dürrer schwarzer Mann in einer geblümten Schürze, der auf einem Kohlenrost Fleisch grillte und mit einer Serviergabel winkte, um Kunden anzulocken. Moises lenkte den Laster auf eine breite Fahrbahn – die Straße nach Arriaga. Sie war neuer, mit einem weißen Strich in der Mitte und mit hölzernen Leitplanken an den kleinen Brücken. Ein anderes Auto, dessen Marke Jorge nicht kannte, fuhr vor ihnen; Moises fuhr bis zu dessen Stoßstange auf und bremste erst dann. Vor ihnen war ein noch langsameres Auto; sie steckten in einer Kolonne. Sie kamen an einer Tankstelle und einer gut besuchten *cantina* vorbei.

«Du kannst jetzt die Kiste davorhalten», sagte Moises, und Jorge tat es.

Moises klopfte dreimal, und Jorge nahm die Kiste weg und wurde vom Licht geblendet.

«Das mach ich, damit du weißt, dass alles in Ordnung ist.»

Jorge schob die Kiste wieder davor und lehnte sich mit dem Rücken dagegen. In der Dunkelheit betätigte jemand einen Hahn.

«Waffen sichern», befahl Jorge.

«Aber wenn –», fing César an.

«Halt den Mund», fuhr Luz dazwischen. «Tu, was er sagt.»

Plötzlich bremsten sie, Francisco fiel auf ihn, die Kiste verrutschte und ließ einen Lichtstrahl ein. Sie hielten an, und Jorge schob die Kiste wieder zurecht. Er hörte Stimmen, Stiefel, die über Schotter knirschten. Ein Wagen kam ihnen entgegen und schaltete hoch. Nach einer langen Weile schaltete Moises knarrend in den ersten Gang und fuhr an.

Jorge wartete darauf, dass jemand hustete, nieste, kicherte, doch nichts war zu hören, nicht einmal ein Atemzug. Der Laster stand mit laufendem Motor. Draußen ging eine Wagentür auf, ein Kofferraumdeckel schlug zu. Ein Mann fragte, ob Schmuggelware im Wagen sei; ein anderer Mann antwortete mit einem Lachen, als wäre das völlig unmöglich.

Jorge lehnte sich gegen die Pappe und stellte sich vor, wie sie alle acht vom Laster gezerrt und am Straßenrand erschossen wurden, mit dem Gesicht nach unten in einem Graben lagen – ein körniges Foto in der Morgenzeitung, ihre Waffen so adrett aufgereiht wie in einem Arsenal. Er stellte sich vor, wie man sie, die Handgelenke mit Folienband zusammengeklebt, mit aufgesetztem Bajonett auf einen Laster scheuchte. In einer feuchten Zelle das Warten auf die Verhöre. Tagelang mehliger Reis und Augenbinden, Knie, die einem in die Nieren gestoßen werden, Stöcke, die einem auf die Fußsohlen schlagen.

Moises fuhr an den Rand und hielt an, dann stellte er den Motor ab. Er öffnete die Fahrertür, und der Laster hob sich ein wenig, als er ausstieg. Er sank wieder, als jemand in die Kabine kletterte, das Handschuhfach öffnete, in Papieren wühlte. Jorge schloss die Augen wie ein Kind, als würde er dadurch unsichtbar.

«Yankee-Fan?», fragte ein Mann, und Moises murmelte irgendetwas.

«Wo fahren Sie hin?», fragte eine andere, strengere Stimme.

In der Kabine klopfte eine Hand prüfend gegen das Fenster direkt neben Jorges Ohr. Ein Schauder fuhr ihm über die Haut wie eine Regenwand, die über Wasser hinwegzieht; seine Fingerspitzen prickelten.

Das Fenster wurde aufgeschoben, eine Hand drückte gegen die Kiste, und Jorge bemühte sich, nicht aktiv dagegenzudrücken.

Er stellte sich vor, wie er den Mann an der Kehle packte und ihm mit den Daumen die Luftröhre zerquetschte, wie sie es ihm in Quantico gezeigt hatten. Es würde ihnen nichts nützen; Moises war draußen. Wer wusste denn auch, wie viele sie waren. Jetzt wäre es ihm lieber gewesen, Moises hätte sie nicht so eingepfercht.

«In Ordnung», rief die strenge Männerstimme.

Der Druck ließ nach. Die Hand zog sich zurück, das Fenster wurde geschlossen.

Der Laster hob sich, als der Mann abstieg.

Er sank wieder, und die Tür schlug zu. Der Motor sprang an, Moises legte den ersten Gang ein, und sie fuhren los. Er schaltete in den zweiten, dann in den dritten. Noch immer sagte niemand etwas. Jorge hielt die Kiste vor das Fenster und wartete darauf, dass Moises klopfte.

Vierter Gang, sauber. *Baby don't worry,* sang Moises, *'bout a thing.*

Jorge klopfte dreimal, und Moises antwortete. Jorge ließ die Pappe sinken, und Moises zog das Fenster auf.

«*Lo siento*», sagte Moises. «Ich hab's vergessen.»

«Tu das nicht», erwiderte Jorge, und Moises lachte.

Die Straße vor ihnen war leer, in der Ferne erhob sich Santa Rosa. Jorge sah auf die Uhr: Sie waren pünktlich, aber das sagte er keinem. «*Arriba*», sagte er, und Moises gab Gas, und sie schossen dahin, auf die Stadt zu, geradewegs der steigenden Sonne entgegen.

25

Das erste schlechte Zeichen war der Panzer unter dem Viadukt. Ein russisches Fabrikat, für den Dschungel lackiert. Sie befanden sich noch eine Meile außerhalb der Stadt. Jorge hätte ihn fast nicht gesehen; Moises wies ihn darauf hin. Er sah nur ein paar Meter Geschützrohr und die Kette, unter einer schrundigen Brücke versteckt. Mit gleich bleibendem Tempo fuhren sie durch sein Schussfeld.

Das war keine Machtdemonstration, sondern defensive

Taktik nach dem Lehrbuch. Der Panzer würde die Straße versperren, den Angriff bremsen, verhindern, dass sie Arriaga allzu leicht erreichten. Es überraschte Jorge, dass Clemente auf eine erfolgreiche Landung vorbereitet war. Dann hatte er sicher auch das Baseballstadion, das Fußballstadion, die Strände im Visier – alle Stellen, wo sie mit einer größeren Zahl von Hubschraubern landen konnten.

Jorge dachte an den Rückzug und fluchte.

«Was gibt es?», fragte Gloria.

«Ein Panzer.»

«Sind wir schon so nah?», wollte Luz wissen, und Jorge fragte sich, ob ihr die Strategie bekannt war.

Ein alter Citroën sauste an ihnen vorbei, ein Lada hinterher. Parallel zu ihrer Straße verlief eine weitere, und sie war voll, Laster ruckelten dort dicht an dicht dahin. Einer transportierte eine Pyramide aus verdreckten Holzkäfigen mit Hühnern darin.

Jorge lachte, und Hector fragte, was los sei.

«Ein gutes Zeichen», sagte Jorge zu ihnen.

Er hatte angenommen, Clemente werde die Straßen sperren. Er hatte mit menschenleeren Straßen in der Innenstadt gerechnet, die einzigen Fußgänger Patrouillen von der *guardia*, die Geschäfte vergittert und mit Sperrholz vernagelt; doch die Trottoirs waren belebt, Menschen eilten zur Arbeit, an den Ecken drängten sie sich dicht. Zuerst sah Jorge darin nur einen glücklichen Umstand, doch dann erkannte er die Taktik dahinter; Clemente würde sie zwingen, Zivilisten zu töten. Wieder wie aus dem Lehrbuch – nutze die Bevölkerung als Verteidigungswall. Der Professor wäre empört.

Es war Montag, Müllllaster parkten mit blinkenden Warnlichtern in der zweiten Reihe. Die Ampeln standen immer noch alle auf Gelb. Moises fuhr zögernd, ein Junge vom Lande. Ein paar Querstraßen vor ihnen glitt hinter einem Bus ein Saracen-Panzerwagen über eine Kreuzung und verschwand. Jorge wünschte, er könnte die Dächer sehen. Sie kamen an einem Panzer vorbei, der im Eingang zu einem Parkhaus stand, der Kopf des Fahrers ragte aus einer Luke vor dem Geschützturm; Kopfhörer über den Ohren, trank er Kaffee und hatte *La Figueroa* vor sich ausgebreitet. Sekretärinnen und Angestellte gingen ungerührt vorbei. Aurelio hat recht gehabt, dachte Jorge – der Krieg dauerte bereits zu lange.

Sie bogen in Nebenstraßen ab, die Bürogebäude wichen stuckverzierten Bungalows und Klinkerhäusern, Möwen hockten auf Simsen. Sonnenstrahlen fielen durch Hintergassen und warfen helle Streifen auf das Pflaster. An jeder Ecke schien ein Stoppschild zu stehen. Dies sei der schnellste Weg, versicherte Moises ihm.

Sie bogen einmal nach rechts, einmal nach links ab, und der Himmel tat sich vor ihnen auf; das Meer darunter blieb unsichtbar. Auf dem *mercado* wimmelte es von Menschen, die weißen Markisen der Stände flatterten in der Brise. Jemand hatte ein Radio an, Marimbas erklangen. Moises musste einen Pritschenwagen voller Schweine vorbeilassen, drängte sich dann vor dem nächsten durch und wurde angehupt. Er hoppelte mit dem GMC über einen Randstein und bollerte durch eine Seitengasse, die übersät war mit den grauen Splittern geborstener Kisten und mit zermatschtem, verwittertem Gemüse. Graffiti tanzten auf den Ziegelwänden – *Das*

Volk jetzt, Martí; Che ist tot – all die Schmähungen und Versprechen der Revolution. Moises bremste so, dass Jorge gegen das Fenster geschleudert wurde, und fuhr nach links auf ein fensterloses Garagentor zu, den Hintereingang irgendeiner Fabrik, deren Fensterreihen milchig waren, wie von jahrelangem Dampf gebleicht.

Sie hielten an, Moises sprang ab und warf das Tor rasselnd auf, dann kam er zurück, fuhr den Laster in die Dunkelheit und zog das Tor wieder zu.

«Na, das hätten wir geschafft», sagte Luz scherzend, als hätte es daran Zweifel gegeben.

Jorge wollte sie nach ihrer Hüfte fragen, unterließ es aber. Sie war bei ihnen, das genügte. Moises mühte sich mit der Wäscheleine ab und warf sie über den Laster. Als er die Plane schließlich zurückschlug, mussten sie sich zuerst die Augen beschirmen.

Das Gebäude war eine alte Feuerwache. Pferdegeschirre und Girlanden von staubigen Schläuchen hingen an den Wänden, die Messingarmaturen mussten Schrottsammler geplündert haben. Der Laster passte genau zwischen die genieteten Träger.

Zu viert mussten sie Luz herunterhelfen.

«Es ist zu weit», sagte sie, aber Jorge hörte nicht auf sie, und sie klappte die abgesägte Schrotflinte auf und schob zwei Patronen ein.

Als Erstes schickte Jorge Moises los, nach einer Kiste für die M-16 zu suchen.

Rafael schulterte seinen Rucksack, und Hector packte ihm die Brotfrüchte auf das Prick-60. Mit seinen lächerlichen Koteletten sah er tatsächlich wie ein Straßenverkäufer aus, eine perfekte Besetzung.

«Weißt du auch, was du ausrufen musst?», fragte Francisco.

«*Oye, oye!*», rief Rafael probeweise. «Süß wie Wasser!»

Francisco zeigte ihm, wie man die Früchte hochhielt, drei in einer Hand. «Kannst du jonglieren?», fragte er, aber das konnte Rafael nicht. Gloria reichte ihm die Bambusangelrute und hängte ihm den Weidenkorb an seine Hüfte.

Jorge sah auf die Uhr, kontrollierte noch einmal alles und schob Rafael zum Tor. Er gab ihm sein Fernglas und ging die Frequenzen durch. Rafael klickte das Funkgerät an und erwischte einen Mambo.

«Kann ich ein paar Zigaretten haben?», fragte er, und Jorge stellte fest, dass er sie in seinem Rucksack vergessen hatte.

«Pech», sagte Rafael. Er tätschelte Jorge den Arm. «Viel Glück, Ortega.»

Luz humpelte herbei und gab ihm einen Kuss, dann Gloria.

Rafael wandte sich an die anderen und winkte ihnen zu, dann öffnete Jorge das Tor, Rafael duckte sich darunter hindurch, und Jorge schloss es wieder, nur um gleich darauf ein Klopfen zu hören.

Es war Moises mit einer Kiste, deren blankes Holz dunkle Fischblutflecken aufwies. Die M-16 passten hinein, aber die Kiste war schwer. Mit seinem verletzten Arm konnte César sie nicht tragen. Felipe schob Hector beiseite und hob sie mühelos hoch.

Der Park war zwei Blocks entfernt.

«Hector, du gehst vor», wies ihn Jorge an. «Luz, du und César geht hinterher.» Er tat Francisco mit Felipe zusammen; Gloria würde bei ihm bleiben. Keiner erhob Einwände, obwohl Jorge darauf vorbereitet war, seine Anweisungen zu rechtfertigen. Von nun an ginge es bei jeder seiner Entscheidungen um Leben oder Tod. Als Soldaten akzeptierten sie das; er hatte es schon in El Salvador und Honduras gesehen, in Nicaragua und Belize – vermutlich war es auf der ganzen Welt so –, doch jedes Mal verblüffte es ihn. Er hatte zu viele Fragen, um irgendetwas einfach hinzunehmen, am wenigsten den Umstand, dass ausgerechnet er diese Leute führte. Er stellte sich seinen Großvater an jenem letzten Morgen auf See vor, während das Landungsboot auf die Schweinebucht zufuhr. Was hatte er zu seinen Männern gesagt? Musste er überhaupt etwas sagen? Sie alle kannten ihren Auftrag. Je weniger gesagt wurde, desto besser. Das machte es nicht zum Mysterium, sondern nur zu etwas, das sie teilten, das sie auf einer Ebene verstanden, die tiefer war als die der Worte.

«Okay», sagte Jorge und ging zum Tor.

Moises umarmte seinen Onkel, Luz drückte Gloria an sich. Als Jorge von Luz umarmt wurde, sah er César niederknien und Gloria die Hand küssen; sie legte ihm die andere Hand auf die Wange.

«Okay», sagte Jorge erneut. «Im Park warten alle auf mich – ganz gleich, was geschieht.»

Er sah sich um, wollte sichergehen, dass sie verstanden hatten, dann hob er das Tor und ließ Hector hinaus. Jorge gab ihm eine Minute. Stumm warteten sie, bis sie an der Reihe waren, und tauchten dann paarweise unter dem Tor durch. Jorge klopfte Felipe auf den Rücken, als der losging, die Kiste auf einer Schulter balancierend.

Jorge schloss das Tor, und Gloria nahm seine Hand. Sie waren an der Reihe. Er hatte seine Tasche, in der sich alles befand. Ihr Daumen wischte über den Schweiß auf seiner Handfläche, und sie sah ihn erstaunt an. Er beugte sich vor, hob das Tor an, und sie tauchten ins Licht. Er wollte es hinter ihnen schließen, doch Moises hielt ihn davon ab, er schob es wieder auf, und die Rollen rasselten in der Führung.

Verwundert sahen sie beide zurück.

«Verzeiht mir», sagte Moises, als würden sie ihn schon verstehen. «Ich kann wirklich nicht bleiben.»

26

Luz ging zu langsam. Sie stauten sich hinter ihr, trödelten an Ständen herum, befingerten Kürbisse, Knollenfrüchte, weiße Karotten. Ein paar *guardia* waren unterwegs und streiften zu zweit über den *mercado,* aber seine Verstärkungstruppen hielt Clemente außer Sicht. Am Himmel war es ruhig, kein einziger Hubschrauber zog zwischen den Hochhäusern vorbei. Jorge schlenderte bis zum Ende der Reihe und betrachtete das Angebot; Gloria hielt sich an seinem Arm fest wie eine Ehefrau. Sie kamen zu einem Stand mit Eimern voller Tintenfische und Seeigel in violetter Tinte. Der Mann an der Waage hatte seinen Ghettoblaster auf die entnervende Stimme des Morgenmoderators eingestellt.

Vor ihnen bogen Felipe und Francisco um die Ecke; die Kiste auf der Schulter des Alten wirkte wie ein Kindersarg. Jorge zögerte einen Augenblick, dann ging er über das Kopfsteinpflaster auf die Ecke zu und folgte ihnen; Gloria hielt mit ihm Schritt. Jorge erinnerte sich an diese Straße. Die Schaufensterpuppen und das zersplitterte Glas waren verschwunden; die Schaufenster waren zugenagelt und bereits mit den Initialen von Splittergruppen beschmiert. Am Ende des Blocks nickten Palmen über dem steinernen Portal des Parks. Dort gab es keine *guardia*. Felipe und Francisco hatten es bereits bis dorthin geschafft.

Jorge versuchte, nicht zu rennen, doch als sie hinter dem Torbogen auf den gewundenen Pfad stießen, ging er so hastig an den Steinbänken vorüber, dass seine Tasche einen Hibiskus streifte und Blütenblätter herabsegelten. Ein älteres Paar kam ihnen entgegen, die Frau mit einem winzigen Hündchen auf dem Arm. Gloria drückte seine Hand, und Jorge ging langsamer. Sie sollten ein Liebespaar darstellen, und obwohl sie wirklich eines waren, befürchtete er, sie könnten nicht überzeugend wirken oder man könne das Messer, die Pistole, die Magazine in seiner Tasche deutlich sehen.

«*Buenas días*», sagte der alte Mann mit einer kleinen Verbeugung.

«*Buenas tardes*», sagte Jorge und ging weiter.

Die anderen warteten in derselben Ecke, die Felipe ihm gezeigt hatte, alle hinter die Mauer gekauert. Auf der Straßenseite gegenüber stand unter der Markise eine der Türen offen; eine Wache beugte sich heraus und rauchte eine Zigarette. Der Moderator von der Morgenschicht plapperte aus den Lautsprechern, und Passanten drehten sich um und fragten sich, wo die Stimme herkam. Die Kabine, aus der Bustus Domecq moderiert hatte, war leer – eine Erleichterung. Jorge hob das schmutzige T-Shirt hoch, fand das Messer und legte es obenauf. Er sah auf die Uhr, dann entsicherte er seine Pistole. Es überraschte ihn, dass Clemente sie so nah herankommen ließ, dass er nicht einmal seine MiGs und Werewolves in der Luft hatte. Wieder überkam ihn der Gedanke, das ganze Unternehmen sei nur ein Ablenkungsmanöver, aber er hatte nicht die Zeit, darüber nachzudenken, und das war gut so.

«Du kennst das Signal», fragte er Gloria, und sie wiederholte es. Sie küsste ihn, nicht fest, sogar fast ohne Leidenschaft, als könnte die nur stören. Als er mit seiner Tasche an der Mauer entlanghuschte, schlug ihm Felipe auf den Arm, um ihm Glück zu wünschen, und Jorge dachte, die ganze Aktion ist ein Fehler, wir sterben alle umsonst.

Am Weg richtete er sich auf; die Tasche in der linken Hand, damit er mit der rechten hineingreifen und das Messer packen konnte. Der Vordereingang des Parks bestand aus einem weiteren Torbogen; Menschen gingen hindurch, eilten mit Einkaufstaschen, Handtaschen und Aktenmappen zur Arbeit. Es herrschte nicht viel Verkehr, was er begrüßte; er wollte nicht über die Straße rennen. Als er den Torbogen erreichte, blieb er stehen und wartete darauf, dass die Wache die Zigarette auf die Straße schnippte. Es war wichtig, dass sie beide drinnen waren, hinter dem getönten Glas. Die Wache sah die Straße entlang und zog an der Zigarette wie an einem Joint. Er war klein und dunkel, glatt rasiert. Jorge trat an den Straßenrand und versuchte, ihn nicht zu beobachten. Das Gebäude mit seinen Reihen identischer Fenster ragte über ihm auf; er mochte die Stockwerke nicht zählen. Er fragte sich, was Rafael machte. Unten am Hafen würden all die schweren Geschütze stehen.

Die Wache zupfte sich den Stummel aus dem Mund und warf ihn wie einen Dartpfeil aufs Trottoir, wo eine rot gekleidete Frau betont einen Bogen darum machte. Jorge wartete einen blauen Yugo ab und überquerte dann die Straße; die Tasche schwang an seiner geballten Faust.

Er schloss sich dem Strom der Fußgänger auf der anderen Straßenseite an und ging lässig an der Wand aus getönten Scheiben vorbei. Hinter einem fetten Mann in Schürze und Pirates-Mütze glitt er näher an das Gebäude heran und trat dann in den Schatten der Markise. Er entschied sich für die Tür, aus der sich die Wache gebeugt hatte, in der Hoffnung, dass sie noch offen war.

Sie war es.

Die Wache, die geraucht hatte, beugte sich über einen Wasserspender, die andere saß an einem hüfthohen Tisch und trank Kaffee. Zwischen den beiden lag ein Stück weißer Marmorfläche. Das war ein Geschenk, und Jorge zögerte nicht. Schon während er auf denjenigen zuging, der ihm am nächsten stand, erwog er bereits den Schritt, den er als Nächstes tun würde, sobald er ihn erstochen hatte. Er nutzte den Körper des Mannes als Deckung, um sich vor dem anderen zu schützen, um zu verbergen, was er da tat. Seine Hand umklammerte den gummierten Griff; und als er noch einen Schritt entfernt war, riss er das Messer nach hinten.

Der Mann sah von dem Wasserspender auf, überrascht, ihn zu sehen. Er wollte etwas sagen, und Jorge holte mit dem Messer in Hüfthöhe aus – hart, in einem Bogen, als wolle er einen Softball werfen –, rammte es ihm in den

Bauch, riss es nach oben und ließ los, als der Mann vornüber ins Messer fiel.

Jorge ergriff die Pistole und ließ die Tasche fallen, drehte sich um, sah die Uniform des anderen aufblitzen und feuerte – feuerte stetig weiter, während er auf den Tisch zulief, und zählte dabei die Schüsse. Links von ihm bog ein Flur ab; er witterte den offenen Raum dort, vielleicht die Fahrstühle, aber er musste die Wache im Auge behalten.

Der Mann lag breitbeinig auf dem Boden, getroffen, doch wo, konnte Jorge nicht erkennen; das Blut glänzte auf dem Marmorboden. Es war ein schwerer Mann mit einem Schnurrbart – er lebte noch, er hatte die Augen geöffnet. Jorge schoss ihm zweimal schnell in den Leib, ließ sich dann auf ein Knie fallen und wirbelte nach links. Vor den Fahrstühlen saß eine Frau an einem Schreibtisch; sie streckte die Hände vor und winkte abwehrend, wie um ihn fern zu halten.

Das Namensschild über der Brust wies sie als Empfangsdame aus. Ihr Mund bewegte sich, aber sie sagte nichts. Der Schreck, der Schock – Jorge hatte das schon öfter gesehen. Auf ihr Gesicht zielend ging er zu ihr. Sie hatte das Telefon nicht berührt, aber sein erster Impuls war, sie wegzupusten, die Sache so einfach wie möglich zu halten. Sie war eine junge Frau mit langen dunklen Haaren, die ein Kreuz an einer Kette trug, und Jorge merkte, dass die Pistole zitterte.

«Auf den Boden!», befahl er. Er musste es wiederholen, sie zu Boden drücken, dann riss er das Telefon aus der Wand.

Über einem der Fahrstühle blitzte eine Zahl auf und

ließ ihn erstarren. Der Fahrstuhl stand auf neun und kam herunter. Jorge wartete und horchte auf das Rauschen des Verkehrs draußen. Der Fahrstuhl hielt bei sechs an und blieb dort stehen.

«Nicht bewegen!», warnte er die Frau und rannte um die Ecke zu den Eingangstüren. Auf dem Boden neben der ersten Wache lag seine Tasche; die Blutlache hatte sie schon erreicht. Er verbarg die Pistole hinter seinem Rücken, öffnete die Tür ein Stück weit und streckte den Kopf hinaus.

Es war hell draußen, und Jorge wurde klar, dass das Gebäude eine Klimaanlage hatte. Aus den Lautsprechern über ihm plapperte der Morgenmensch, irgendeine Werbung für eine Mehlsorte. Passanten starrten Jorge an, als sei er vielleicht ein prominenter Radiomensch. Vielleicht, dachte er. Er lächelte und winkte, wie um der ganzen Welt Guten Morgen zu sagen.

27

Wieder lag die Entscheidung bei ihm – wer ihn nach oben begleiten und wer mit der größten Wahrscheinlichkeit sterben würde. Er brauchte nur zwei Leute. Wie er es von sich erwartet hatte, wählte er Gloria und Felipe aus, die Liebe und die Ehre. Luz schien es nicht zu stören. Sie saß hinter dem blutigen Schreibtisch, die Schrotflinte im Schoß. Die Wachleute waren mit AKs bewaffnet gewesen, somit hatte nun jeder das Gewehr, das ihm gefiel. Sie hatten alle Türen verriegelt und die Fahrstühle gesichert.

Die Empfangsdame lag in einer verschlossenen Kabine der Damentoilette, mit silbernem Isolierklebeband gefesselt. Draußen rollte der Verkehr vorbei. Nach der Wanduhr sollte die Landung in fünf Minuten beginnen. In fünfzig Minuten konnten sie verschwinden, wenn auch keiner von ihnen daran glaubte.

Zum Abschiednehmen war keine Zeit. Jorge rief den Fahrstuhl, und sie warteten, die Waffen im Anschlag, für den Fall, dass jemand darin mitfuhr.

Der Fahrstuhl war leer, und Jorge drückte auf dreizehn. Die Türen schlossen sich, das Kabel über ihnen sang, und die Zahlen wechselten. Sie hatten noch ein paar Zivilisten aus dem Weg zu schaffen – mindestens den Tontechniker und den DJ –, aber die konnten sie überlisten, sie einfach mit den Waffen einschüchtern. Jorge machte eine Schau daraus, sein M-16 zu sichern. Felipe und Gloria hatten beide AKs; sie waren an die Russen gewöhnt.

«Keine Schießerei», ermahnte er sie. «Ich will, dass es ruhig abläuft.»

Das Licht hinter dem mattierten Stahlpaneel erlosch, ging dann unter der Neun wieder auf. Er war überrascht, wie leicht er die beiden Männer getötet hatte, und verwundert, weil er die Empfangsdame nicht umgelegt hatte. In jüngeren Jahren hätte er es getan.

Der letzte Tote, den er gesehen hatte, war der Professor gewesen. Es hatte ihn beschämt, dass er selbst danach weiterlebte. Hier empfand er anders; er konnte nur nicht sagen, wie genau. Nicht, dass es gerechtfertigt gewesen wäre. Jetzt war jedenfalls keine Zeit dafür – für Catalina im Grunde. Er musste klar denken, jene vergangenen Dinge abschütteln, zumindest für die kommenden fünfzig Minuten. Danach, versprach er, würde er ihr wieder dienen. Und, ja, seinem Vater mit seinem Fernsehschrein, seinem bespritzten Tapetenevangelium. Warum zweifelten sie jetzt an ihm, dachte Jorge. War er ihnen denn bislang nicht treu geblieben?

Über ihm ertönte bei der Zwölf ein Ping, sie wurden langsamer, und ihm sank der Magen. Gloria und Felipe drückten sich seitlich an die Türen, bereit hinauszustürmen. Jorge kniete an der Rückwand, um jeden sofort erfassen zu können. Sie schwebten auf die Dreizehn zu.

Die Türen öffneten sich auf einen leeren Flur. Jorge hatte eine weitere Empfangsdame an einem Tisch erwartet, doch da gab es nur Holzpaneele und auf einer dicken Goldplakette Orientierungspfeile, die zum Studio und zum Büro des Direktors wiesen. Reggae wummerte von der niedrigen Decke. Die Gewehre an der Seite, traten sie aus dem Fahrstuhl. Jorge folgte dem Pfeil in Richtung Studio. Er ging an der einen Wand entlang, Gloria hinter ihm an der anderen, Felipe folgte auf Jorges Seite.

Der Nachrichtendienst hatte gute Arbeit geleistet. Alle Büros waren verschlossen; die Leute kamen erst gegen neun. Der Flur machte einen Knick, der Reggae schleppte sich in die nächste Strophe. Die Klimaanlage verbreitete Kälte. Sie kamen an ein paar leeren Studios vorbei; hinter Jalousien reckten sich im Dunkeln Mikrofone über Tische. Für eine Stadt dieser Größe war der Sender groß, übermäßig stark, rund hunderttausend Watt. Man konnte ihn in Miami empfangen, wenn Jorge ihn auch nie hörte.

Vor ihm fielen Lichtstreifen über den Teppichboden, und Jorge hielt Gloria mit einer Hand zurück und kauerte sich hin. Der Song klang mit einer vielfach wiederholten letzten Zeile aus. Jorge wollte den Moderator überrumpeln, wenn er nicht mehr auf Sendung war, und dann so tun, als käme nun ein Sonderbericht von der Landung, die jüngsten Nachrichten aus Havanna mit vagen, unvollständigen Informationen. Als sie eine Werbung für Rasierseife einspielten, hatte er noch eine Minute Zeit.

Er robbte unter dem Studiofenster hindurch bis zur Türkante; der Teppich schürfte ihm die Ellbogen auf. Gloria folgte ihm, dann Felipe. Die Werbung ging in die Stationskennung über, und gedämpft waren weit entfernte Explosionen zu hören.

Sie wallten wie Donner auf, erblühten, rollten, bebten. Jorge war erfreut darüber, und dieses Mal stieg Forbes in seiner Achtung. Vielleicht taten sie es ja wirklich. Kuba befreien. Es war eine Schimäre, und doch, hier waren sie.

Er konzentrierte sich auf den Jingle, wartete darauf, dass der Moderator den nächsten Song ansagte. Es gab keine Überblendung – eine Gitarre setzte ein, ein steter Beat dahinter, und Jorge nickte Gloria zu. Sie hob die Hand zum Türknauf, packte ihn und sah ihm wieder in die Augen. Felipe war bereit. Jorge hielt drei Finger hoch. Sie nickten.

Eins. Zwei.

Gloria riss die Tür auf, und Jorge stürmte hinein, rannte um den Tisch und richtete sein M-16 auf einen Mann mit Kopfhörer. Der fiel rückwärts von seinem Stuhl, das Kopfhörerkabel warf seinen Kaffee um, der Becher kullerte auf den Teppich. Jorge hielt ihm den Lauf ins Gesicht, und der Mann wandte den Kopf ab und bot ihm den Hals dar wie ein geprügelter Hund.

Felipe hatte den Tontechniker gestellt; mit erhobenen

Händen stand er hinter einem ausgefeilten Mischpult. Gloria drückte ihm die AK gegen die Brust.

«Auf den Boden», befahl sie, und der Tontechniker sank auf die Knie.

«Kopfhörer ab», sagte Jorge zum Moderator und hörte eine Sekunde später seine eigenen Worte durch den Flur hallen.

In diesem Augenblick – zu spät – erkannte er den Rocksong. Es war überhaupt kein Song, sondern nur ein Jingle für Pacifico-Bier. Er war zu Ende. Sie waren auf Sendung.

Er schlug auf die Räuspertaste und fluchte.

Mit seiner freien Hand packte er den Moderator beim Hemd, zerrte ihn hoch und schubste ihn gegen den Tisch. Eine Anzahl von etikettierten Kassetten war darauf verstreut. «Spiel irgendwas», zischte Jorge, und der Mann fummelte mit einer Kassette herum und schob sie ein. Das Startband lief. Jorge ließ den Räusperknopf los und stellte das Mikro ab.

Es war derselbe Reggae.

Der Moderator wich in eine Ecke zurück, Jorge schlug ihm mit dem Knauf seines M-16 in den Bauch, und er klappte auf dem Teppich zusammen. Jorge umkrallte den Pistolengriff des Gewehrs – er kämpfte gegen den Drang, den Mann zu töten, ihm das Gesicht einzutreten. Heulend lag der Mann mit angezogenen Knien auf dem Teppich und bot ihm sein Rückgrat dar; und Jorge ging durch den Kopf, wie leicht er ihn doch mit einem einzigen Tritt lähmen könnte. Eine kranke Vorstellung, und benommen wandte er sich ab, als wäre er getroffen. Auf der anderen Seite des Zimmers klebten Gloria und Felipe dem Tontechniker die Fußgelenke zusammen.

«Bei dem hier auch», sagte Jorge und legte sein M-16 auf den Tisch. Im Flur lief der Reggae unentwegt weiter. In der Entfernung donnerte das Sperrfeuer. Jorge strich sich mit beiden Händen die Haare glatt und versuchte sich zu beruhigen. Das Wichtigste zuerst, genau wie es in der Grundausbildung geheißen hatte. Er musste Rafael in die Leitung kriegen.

Wie vom Nachrichtendienst versprochen, gab es einen Breitbandempfänger, der alles empfing, von Langwelle bis UKW. Ein neues ICOM, Topmodell, und Jorge gab die Frequenz ein, auf die sie sich geeinigt hatten, griff sich eine Steckschnur und legte einen Kopfhörer über den Tisch.

Nichts als Statik, das Rauschen von Elektronen.

Er setzte den Kopfhörer des Moderators auf und drehte eine Ohrmuschel nach außen, sodass er beides gleichzeitig hören konnte. Der Reggae war bei der dritten Strophe angekommen, ganz aus dem Takt mit dem Lautsprecher im Flur. Gloria und Felipe schleiften den Tontechniker nach draußen, und er bedeutete ihnen, sie sollten die Tür schließen.

Jorge wühlte in den Kassetten; er wusste nicht, was der Moderator schon gespielt hatte; weder kannte er die Namen der Songs noch die der Interpreten; er hatte das schon seit dem College nicht mehr gemacht. Er schob eine Kassette ein und spulte bis zur roten Markierung vor.

Ein gellendes Geräusch unterbrach das Grundrauschen, und Jorge presste die entsprechende Ohrmuschel an den Kopf. Ein Piep, dann nichts.

«Na komm schon», sagte er voller Ungeduld, wo Rafael doch alles Mögliche zugestoßen sein konnte.

Der Reggae ging zu Ende, und Jorge drehte das Mikro auf.

«Hier gab's ein kleines technisches Problem», sagte er entschuldigend und versuchte, den knalligen, falschen Ton des Moderators nachzuahmen. Er konnte eine gute Parodie auf Vin Scully von *Game of the Week* hinlegen, sogar einen ziemlich guten Joe Garagiola. «Wir kümmern uns drum. In der Zwischenzeit kommt Alicia Camacho mit *Too Much Love*.»

Es war ein Samba, den er nicht kannte. In der anderen Ohrmuschel rauschte es nur.

Gloria und Felipe rannten am Fenster zum Gang vorbei und kamen herein. Als er den Kopfhörer abnahm, hörte er das Rattern kleiner Handwaffen – nah, vielleicht einen Block entfernt.

«Sie sind unten», sagte Gloria außer Atem. «Ich weiß nicht, wie sie so schnell hierher gekommen sind.»

«Vom Arsenal», sagte Felipe.

Jorge konnte nicht denken. «Sucht ein Fenster nach der Seite da. Ich will wissen, was los ist.»

«Haben wir schon.» Felipe deutete den Flur entlang. «Mindestens ein Zug.»

Draußen ging ein schweres Maschinengewehr los; eine Sirene heulte auf und kündigte einen Luftangriff an. Ihm flog die Scheiße um den Kopf, er konnte nicht denken. Sie wollten eine Antwort.

«Tut, was ihr könnt», sagte Jorge und setzte sich den Kopfhörer wieder auf.

Immer noch nichts. Die Landung lief seit sechs Minuten.

Er dachte daran, den Leuten einfach zu sagen, die Aktion sei ein Erfolg, sie sollten sich bewaffnen, rauskommen und helfen. Aber wenn das nicht stimmte, wenn es kippte und ein Massaker daraus wurde? Wie viele Jahre hatten diese Menschen gewartet? Wie viele würden sie noch warten müssen, bis sie wieder eine Chance bekämen?

Wie die Erde bebt, wenn wir beisammen sind, säuselte Alicia Camacho über eine Steel-Band hinweg. *Wie ich jedes Mal sterbe, wie ich sterbe, wie ich sterbe.*

Nichts.

Jorge hob die Ohrmuschel hoch und hörte das Pfeifen der MiGs, dann blendete er es wieder aus, fand einen anderen Song und spulte auf der zweiten Kassette vor. Das Lied ging zu Ende.

«Na schön – hört sich draußen ja leicht gefährlich an», sagte er zu den Einwohnern von Santa Rosa. «In ein paar Minuten haben wir das Neuste für Sie, also bleiben Sie dran.»

Er drückte auf Start, kontrollierte, ob das Band wirklich lief, setzte den einen Kopfhörer ab und konzentrierte sich auf das statische Rauschen.

«Na komm schon», sagte er.

Wie zur Antwort brach eine Stimme durch, die Übertragung dehnte und quetschte sie, ließ sie wabern, hoch und zwergenhaft.

«Ortega», quiekte die heliumlustige Stimme.

Jorge drückte auf den Räusperknopf und stellte den Song ab.

«Ich höre», sagte er, amüsiert von Rafaels Stimme und gespannt – vielleicht klappte die ganze Sache ja tatsächlich. Draußen hallte das Feuer aus den Automatikwaffen durch die Straßen. Es war lächerlich, es war verrückt.

«Ortega», wiederholte der andere, wie Jorge es ihm eingetrichtert hatte. Seine Stimme klang jetzt tief, sanft und rund, wie am Tonpult gemischt. Jorge drückte den Kopfhörer fest an die Ohren, damit er besser hören konnte.

«Sí, ich höre.»

«Hier spricht Leutnant Victor Clemente von der Kubanischen Volksarmee.»

Jorge ließ den Kopfhörer los, saß da und starrte den vergossenen Kaffee an. Er konnte nicht richtig gehört haben.

«Ortega», sagte Clemente. «Du bist umzingelt. Ergib dich oder stirb.»

28

Jorge fand sie in einem Büro jenseits des Flurs. Sie feuerten aus dem Fenster – idiotisch, die Läufe lugten hervor, sodass die Mündungsfeuer sie verrieten. Der Mangel an Ausbildung ärgerte ihn. Eigentlich war es nur seine Verärgerung über Clemente, das wusste er, und über das, was sie seiner Vorstellung nach mit Rafael gemacht hatten, um ihn dazu zu bringen, alles zu gestehen.

Im Süden beherrschten die Flutlichter des Baseballstadions den Horizont.

Er tippte Felipe auf den Rücken. «Wir müssen raus», rief er.

Unten stand mitten auf der Straße ein brennender Bus, und er sah, dass die *guardia* den Rauch als Deckung nutzten. Einer von ihnen verschwand unter der Markise.

«Was ist passiert?», fragte Gloria.

«Ich weiß es nicht», antwortete Jorge. «Rafael kommt nicht durch.»

Er verkabelte den Plastiksprengstoff und stellte ihn auf zehn Minuten ein, dann rannten sie den Flur entlang. Der Fahrstuhl wartete auf sie. Er drückte auf Erdgeschoss. Es war wahrscheinlich zu spät, aber er musste versuchen, sie zu retten. Schon als er den Knopf drückte, wusste er, dass dies keine gute Kommandoentscheidung war. Wollte er sich zum Märtyrer machen? Vielleicht lag das im Blut – sein Vater hatte sich auch in einen verwandelt.

«Was ist mit unserem berühmten Rückzug?», fragte Felipe.

«Sie sind immer noch da unten», sagte Gloria, und Jorge fragte sich, ob sie sich des Risikos bewusst war. Es kam nicht darauf an; sie war bei ihm.

«Das ist selbstsüchtig.» Felipe beugte sich an ihm vorbei und drückte auf die Zwei. «Ich will nicht, dass sie dich erwischen. Wir anderen, in Ordnung, wir sind nichts. Aber nicht dich.»

Jorge ignorierte ihn und blickte auf die Ziffern. Gloria suchte seine Hand und schob ihre Finger zwischen seine.

«Das kannst du nicht machen», sagte der Alte und packte ihn bei den Schultern. «Wir brauchen dich viel zu sehr.»

«Und sie sterben lassen?», fragte Gloria.

«Sie sind darauf vorbereitet. Wir sollten uns an den Plan halten.»

«Du hast Angst», sagte sie vorwurfsvoll.

«Ich *denke*, weil es ja sonst niemand tut!»

Während der Fahrstuhl sank, wurden die Schüsse immer lauter, AKs knatterten, Glas zersplitterte. Jorge witterte den beißenden Geruch von Tränengas.

Der Fahrstuhl hielt bei der Zwei. Die Türen gingen auf, doch keiner rührte sich.

«*Tonto*!», sagte Felipe und schlug auf den Türöffner. «Du bist Kuba. Du kannst noch nicht sterben.» Er hielt sein AK vor Jorges Gesicht, aus seinem eigenen sprach Hilflosigkeit, und Jorge wusste, der Alte hatte Recht, auch wenn es ihm nicht gefiel. Die anderen waren wahrscheinlich schon tot.

Er sah Gloria an und erkannte, dass die Entscheidung bei ihm lag.

Felipe wartete.

«Du kommst mit», vergewisserte sich Jorge.

«Ja», sagte der Alte, «aber los jetzt. *Vámonos*!»

Jorge runzelte die Stirn, um ihm zu zeigen, dass er den Ton nicht billigte, dann wirbelte er auf den Flur hinaus und ging mit seiner M-16 voran.

Der Flur war leer, und er winkte Gloria heran. Sie sauste an ihm vorbei, ließ sich auf ein Knie fallen und drückte sich an die Wand. Jorge sah zurück, um Felipe herbeizuwinken, und sah, wie sich die Türen schlossen; das AK vor der Brust blieb der Alte stehen.

«*Viva Cuba Libre*!», rief Felipe mit erhobener Faust.

Jorge sprang zur Tür, doch sie schloss sich, und die Ziffer erlosch.

Das Kabel sirrte, und das Lämpchen für Erdgeschoss leuchtete auf. Sie hörten, wie die Türen aufglitten, dann eine donnernde Salve aus Felipes AK – die in einer Welle aus Automatikfeuer unterging.

Jorge schlug mit der Faust gegen die Türen. «Du blöder alter *cabrón*!»

Das Kabel sirrte.

«Komm schon!», rief Gloria, und sie stürmten zum hinteren Treppenhaus.

Er führte sie in den Heizungskeller, wo die Klimaanlage rumpelte und die Lampen mit Metallgittern geschützt waren. Der Ort war ein Labyrinth. Felipe hatte ihm gesagt, wohin er sich wenden sollte. Es gab einen Frachtaufzug, der in einer Hintergasse ans Tageslicht kam. Wenn sie es bis zum Parkhaus jenseits der Straße schafften, dann konnten sie eine Querstraße weiter rauskommen und hatten gute Chancen, es bis zum *mercado* und dann bis zum Baseballstadion zu schaffen. Es war zu früh für den Hubschrauber, den Forbes versprochen hatte, aber sie konnten sich im Stadion einigeln und warten. Während sie durch die schwach erhellten Flure hetzten, belog er sich, was ihre Chancen anging. Bisher hatte nichts nach Plan geklappt; warum sollte sich das jetzt ändern?

Hinter ihnen Rufe, Schritte, die Treppenschächte hinunterhallten. Oben knatterten Schüsse, entfernt, sporadisch. Sie stürmten an verschlossenen Gitterkäfigen voller Büromöbel, an Paletten von Toilettenpapier vorbei. Es war eine verführerische Vorstellung, sie könnten sich verstecken und irgendwann nächste Woche wieder auftauchen, doch Jorge wusste, Clemente würde ihn nicht davonkommen lassen. Sie würden seine blutleere Leiche als Warnung im Fernsehen zeigen, wie die des Professors, wie die von Catalina.

Sie gerieten in einen ausweglosen Winkel, an eine Wand aus staubigen Aktenschränken, Pressholztischen und schmutzigen Postkarren, die wie Pappbecher ineinander gestapelt waren.

«Bist du sicher, dass er hier ist?», fragte Gloria keuchend.

«Der Alte hat es gesagt.»

«Und wo dann?»

Sie wurden beim Zanken durch einen enormen Krach unterbrochen, der die Erde erbeben ließ. Gloria taumelte rückwärts und prallte gegen Jorge. Eine Glühbirne zersprang in ihrem Gitter, Glas regnete herab. Das verwirrte Jorge; für den Plastiksprengstoff war das zu stark.

«Mutter Gottes», sagte Gloria und bekreuzigte sich. Bevor sie noch damit fertig war, ließ eine kleinere Explosion sie zusammenzucken – der Plastiksprengstoff.

Eine weitere gewaltige Detonation schlug Staub aus der Decke.

«Bomben», vermutete Jorge.

«Also greifen sie wirklich an.»

«Ich glaube schon.»

«*Viva America!*»

«Nicht so früh», warnte Jorge.

Sie versuchten, durch das Labyrinth zurückzufinden, wieder näher auf die Rufe der *guardia* und die hallenden Schritte zu. Die ersten unerforschten Türen, die sie aufstießen, führten sie in einen Gang aus Beton. Die nächsten Türen waren mit verbeultem Stahl verstärkt, als habe sie jemand gerammt. Dahinter stand über einer langen Rampe ein Gabelstapler, und daneben befand sich der Frachtaufzug.

Er bestand nur aus einer Plattform mit einem zerkratzten eisernen Bügel, dazu vorgesehen, die Klappe in der Decke aufzudrücken. Eine geschmierte Schiene war vertikal an einer Wand befestigt. Die Bedienungsknöpfe befanden sich an einem Pfosten – rot für aufwärts, schwarz für abwärts. Jorge drückte auf den Knopf, und mit einem Ruck fuhren sie los. Sie standen Rücken an Rücken, kampfbereit, die Waffen im Anschlag.

Der Bügel krachte gegen die Klappen, spaltete sie, ließ die Sonne und den Lärm von Sirenen und von nahem Gewehrfeuer ein. Langsam gingen die Klappen auf, teilten sich wie eine Zugbrücke. Jorge sah auf eine Ziegelwand, und er drehte sich um und half Gloria, einen Parkplatz im Schussfeld zu halten, mit Reihen brennender Autos, von deren Reifen dichter Qualm aufstieg – die perfekte Deckung.

Er rechnete mit der *guardia,* einem Panzer, einem Panzerwagen, aber da war niemand, nur Zivilisten, die benommen herumirrten und sich die Hände an die Stirn pressten, weinend, manche blutend. Am Ende der Gasse ragte eine Pyramide aus Schutt auf; der Ziegelstaub hing noch in der Luft. Ein paar Blocks weiter quoll ein Rauchpilz in die Höhe. Die Luft war erfüllt von Werewolves.

Sie schickten den Lift wieder nach unten und sprangen ab. Gloria wickelte ihr AK in den Schal. Jorge vergewisserte sich, dass er noch seine Pistole hatte, und warf sein M-16 ins Unkraut. Niemand beachtete sie. Eine Mutter mit einem schreienden Kleinkind, das aus den Ohren blutete, stolperte vorbei; der Mann, der ihr folgte, trug ein Jackett, aber keine Hose; ein Stück von seinem Knie fehlte. Gloria krallte sich an Jorges Arm, das AK zwischen ihnen drückte. Sie weinte – vor Erleichterung oder Mitleid, egal. Jorge legte den Arm um sie und ging weiter, der Qualm trieb ihm Tränen in die Augen. Wie Flüchtlinge aneinander gedrückt, mischten sie sich unter die Zivilisten und gingen in Richtung des sicheren Parkhauses.

An der Straßenecke riss sich Gloria jedoch von ihm los und ging auf die Radiostation zu. Jorge fing sie am Arm ein, ihr Schal verrutschte, und der Lauf des AK wurde sichtbar.

«Ich muss es sehen», sagte sie mit wilden Blicken, und er sah es vor sich: Alle tot, aufgereiht daliegend wie El Marichals Bande.

«Das willst du nicht sehen.»

«Ich muss es sehen», wiederholte sie ruhig, beherrscht, und er dachte an Catalina, wie sehr es ihn danach verlangt hatte zu sehen, was der Operateur ihr angetan hatte. Nicht eigentlich aus Schuldgefühl. Das kam erst später. Damals hielt er es einfach für seine Pflicht ihr gegenüber; es war die erste Rate, mit der er für das bezahlte, was er getan hatte. Er hatte den Laster mit gerade mal hundert Dollar Schmiergeld gefunden. Er wollte sich entschuldigen, wollte ihr ins Gesicht sagen, dass er das nicht gewollt hatte. Am Ende hatte er sich abgewandt, war die schlammige, zerfurchte Piste entlanggestolpert und hatte bereits versucht, das Bild von dem, was da unter der Plane lag, aus seinem Gedächtnis zu löschen. Jetzt wünschte er sich, er wäre geblieben, wäre seiner Verantwortung gerecht geworden, hätte lange und genau hingeschaut. Seitdem war er ein Nichts gewesen – bis jetzt.

Glorias Blick forderte ihn heraus. Es wurde nicht mehr geschossen.

«In Ordnung», sagte er, obwohl er befürchtete, dass es ein Fehler war. Ach, zum Teufel, dachte er; der Weg durch den Park ist sowieso kürzer.

29

Der Bus lag verkohlt auf der Seite, die Sitze und Fensterrahmen brannten noch. Die Markise war durchlöchert, die getönten Scheiben verschwunden, über den ganzen Gehweg verstreut. Eine Schwadron der *guardia* schleifte mit Gummihandschuhen die Leichen heraus und warf sie auf einen Armeelaster. Unter ihren Stiefeln zerbrach knirschend Glas. Jorge erkannte die beiden Wachen an ihrer Uniform. Der Motor des Lasters lief, so als wollte jemand die Leichen haben, und mit unglaublich hasserfüllter Freude dachte Jorge, Clemente werde enttäuscht sein.

Zwei Soldaten trugen Hector heraus und schwangen ihn auf die Ladefläche. Sein Kopf schlug gegen die Heckklappe. Er trug immer noch sein Kopftuch, sein Gesicht war das eines Jungen.

«Mörder», sagte Gloria flach. «Bastarde.»

Jorge drückte ihre Hand, doch sie schien es nicht zu bemerken, so gebannt war sie von der Zerstörung.

«Gott wird sie strafen», sagte sie zu niemand Bestimmtem. Sie zitterte, ihr Gesicht war verkrampft, und er strich ihr über die Schulter.

Zwei weitere Soldaten trugen Francisco an Handgelenken und Knöcheln; ein Teil des Gesichts war zerfetzt; sein Cowboyhut fehlte und enthüllte eine kahle Stelle. Sie brauchten drei Mann, um César hochzuwuchten, und ließen ihn von ihren Schultern abrollen. Luz war verbrannt; sie war bis zur Taille nackt. Es war seine Schuld, dachte er, und er war froh, dass er sie alle gesehen hatte, weil er begriff, was er getan hatte. Er hätte sie nicht im Stich lassen dürfen, hätte dem Alten im Fahrstuhl sagen müssen, er solle sich zum Teufel scheren, hätte mit ihm nach unten fahren sollen.

Ganz in der Nähe eröffnete jemand das Feuer mit einer AK, und Jorge duckte sich und griff instinktiv nach seiner Pistole.

Es war Gloria neben ihm, die den Sender unter Beschuss nahm. Sie hielt das AK in Hüfthöhe, drehte sich, knirschte mit den Zähnen. Eine Blutfontäne sprudelte aus einem der Soldaten, die Felipe trugen. Der andere fiel zuckend auf den Gehweg, und Felipe rollte ihm über die Füße, als wollte er mit ihm ringen. Gloria besprühte die Fenster, Glas klirrte, Funken schlugen aus dem Marmor.

Jorge fluchte, dann schwang er herum und deckte sie mit der Pistole. Ein Soldat sprang hinter dem Bus hervor, und Jorge leerte ein Magazin in ihn, bis er schließlich umfiel. Er schob ein weiteres Magazin ein und fluchte über die Pistole – sie war nicht durchschlagkräftig genug für diesen Mist. Er duckte sich hinter den Laster und linste zwischen den Reifen hindurch. Gloria schoss immer noch wie wild. Es wäre nett gewesen, dachte er, wenn sie ihm Bescheid gesagt hätte.

Die Auspuffgase brannten auf seinem Gesicht, und ihm fiel ein, dass ja der Motor lief. Er stand auf und rannte, mit der Pistole wedelnd wie ein Fernsehbulle, zu ihr hin. Er kam bei ihr an, als sie ihr Magazin leer geschossen hatte. Fertig stand sie da, erledigt, als könnten sie sie jetzt erschießen.

«*Arriba*», rief er und packte sie am Arm. Sie liefen zum Laster und kletterten durch die Fahrertür hinein; Jorge schob sie auf den anderen Sitz. Draußen erwiderte die *guardia* das Feuer, Schüsse zischten durch die Plane, schlugen gegen die Rückseite. Er fand den ersten Gang, ließ die Kupplung schnalzen und fuhr den Laster an der Hinterseite des Busses vorbei hinaus auf die weite offene Straße. Der Laster war langsam, der Motor jaulte, und dann fiel ihm die Notbremse ein. Sie donnerten über eine blinkende gelbe Ampel und fuhren in Richtung Innenstadt.

«Was zum Teufel sollte das?», brüllte er sie an.

«Ich habe sie getötet. Dafür sind wir doch eigentlich gekommen.»

«Das war dumm.»

«Ist mir egal!», schrie sie.

Ein Panzerwagen bog vor ihnen auf die Straße, der Geschützturm zeigte in die falsche Richtung, und Jorge bremste und bog nach links ab in Richtung *mercado*. Irgendwo hier hatte der Panzer in dem Parkhaus gestanden. Er blieb auf der Mittelspur, schlängelte sich durch liegen gebliebene Autos, behielt das Tempo bei, in der Hoffnung, so durchzukommen. Sie waren nur noch ein paar Blocks entfernt; er sah schon den Himmel über dem Meer, der mit Werewolves und vielleicht sogar ein paar von ihren eigenen Hubschraubern gepünktelt war. Wenn sie Bomben warfen, dann war es Ernst. Dann war es Wirklichkeit.

Etwas donnerte aufs Dach, und sein Oberschenkel brannte. Er blutete. Sie sahen beide nach oben, und da war ein Loch in der Kabinendecke.

«Heckenschütze!», rief Gloria und packte ihr AK.

Er fuhr in Schlangenlinien, um ihnen ein schwereres Ziel zu bieten. Das Blut quoll ihm über die Hose. Er spürte, dass sein Fuß taub wurde.

«Kannst du fahren?», fragte Gloria und fummelte mit einem Magazin herum.

«Ich weiß nicht.»

«Ich nicht», sagte sie. «Hab ich nie gelernt.»

Das brachte ihn zum Lachen, er wusste nicht warum. Sie war witzig.

Noch ein Schlag, und sie schnaubte, als hätte man sie geohrfeigt. Das AK fiel in den Fußraum.

«Bist du okay?»

Er blickte hinüber. Sie sah ihn schläfrig und trunken an, und dann verdrehten sich ihre Augen, und sie fiel vornüber aufs Armaturenbrett. Ihr Hinterkopf war eine einzige Schweinerei, ihr Haar verklebt.

Er trat auf die Bremse, und der Motor hustete und ging aus.

Ihre Augen blickten starr, ihre Schulter war nass. Sie atmete nicht, aber er legte dennoch sein Ohr an ihren Mund.

Es knallte aufs Dach, eine Kugel bohrte ein gezacktes Loch ins Armaturenbrett, und Lack splitterte ihm ins Gesicht.

«Gloria», flehte er, und er dachte an Miami und ihre neuen Zähne, an seine Wohnung, an den Balkon, auf dem sie morgens Cornflakes aßen. Das waren keine Lügen; hätten sie überlebt, hätte er all seine Versprechen erfüllt. Es tat nichts zur Sache, dass die Chancen nie besonders gut für sie gestanden hatten.

Er legte die Wange an ihre Brust und roch zum letzten Mal ihre Haut. Wieder jaulten die Sirenen. Er musste gehen, er musste sie verlassen, aber nicht so, wie er Catalina verlassen hatte. Diesmal war es anders.

Eine Kugel durchschlug den Kühler, und ein Dampfwölkchen stieg auf.

Jorge verfluchte den Mann, der ihn störte.

Er zupfte ihr eine Haarsträhne von den Wimpern. Ihr Kopf an seiner Schulter war feucht. Es war Liebe; sie hatte ihn zu den Lebenden zurückgeholt, hatte ihn wieder fähig gemacht zu leben. Das sagte er ihr und küsste sie; er schloss die Augen und berührte ihre Zähne, damit er sich immer daran erinnerte, was sie ihm gegeben hatte. Diesmal dachte er an keine andere.

30

Er schaffte es, den Laster wieder anzulassen und ihn um die nächste Ecke zu fahren, aus dem Schussfeld heraus. Sein Bein fühlte sich an wie Gummi, und zu schalten war schwierig. Der Motor spuckte und setzte aus, sprotzte, als ginge ihm das Benzin aus. Dampf schoss aus der Motorhaube und vernebelte die Scheibe. Er beugte sich über das Lenkrad, um Autos, die mitten auf der Kreuzung standen, zu umkurven.

Die Trottoirs waren menschenleer, und eine seltsame Stille herrschte, gelegentlich rannte jemand von einem Hauseingang zum nächsten, aber keine Truppen, keine Leichen, kein Häuserkampf. Der Panzer hatte die Tiefgarage verlassen, der Bordstein war an den Stellen, wo die Ketten darüber hinweggerollt waren, zermalmt. Vielleicht hat Clemente alles unten am Hafen zusammengezogen, dachte Jorge. Aber die Bomben. Teil der Ablenkung – ein schneller Schlag durch ein paar F-111, nicht mehr als zwei, drei Anflüge. Das passte zu den übrigen Indizien. Dann machte es auch nichts, dass die Aktion gescheitert war.

Er blieb im zweiten Gang; die Kupplung zu treten, konnte er vergessen. Sein Bein brannte an der Einschussstelle, und er fragte sich, ob der Knochen getroffen war. Auf dem Boden mischte sich sein Blut mit dem von Gloria. Sie lag an die Tür gelehnt, das Haar über dem Gesicht, und schwankte, wenn sie über Unebenheiten fuhren. Der Laster ruckelte, der Motor klapperte. Als Jorge am leeren *mercado* vorbei war, konnte er seine Zehen nicht mehr spüren.

Das Baseballstadion lag unberührt da, die Flutlichtmasten ragten in den blauen Himmel. Der Laster hustete über den Parkplatz. Jorge ließ ihn hinter der Haupttribüne ausgehen und sah auf die Uhr. Er war pünktlich.

Er stürzte, als er ausstieg, und seine Pistole klapperte auf den Asphalt. Der Belag war heiß, und er zog sich am Trittbrett des Lasters und an der offenen Tür hoch. Ihm war vor Schmerz übel und schwindlig, und das Liniengitter der Parkplatzmarkierungen kippte. Gloria hing über dem Sitz, ihr Mund stand offen, als schliefe sie. Jorge schloss die Tür, humpelte auf den Eingang zu und schleifte sein totes Bein mit beiden Händen nach.

Am Himmel kreisten nur Werewolves, und gelegentlich kreischte eine alte MiG über den Hafen. Die Bombardierung war eingestellt worden. Ihm fiel das eingestürzte Gebäude in der Innenstadt wieder ein. Die Jets waren zu zielgenau für so etwas. Es musste sich um Seefeuer gehandelt haben, weit vor der Küste abgegeben. Er hatte keine Ahnung, was das zu bedeuten hatte, ob sie es nun ernst meinten oder nicht. Er spitzte die Ohren, um das Knattern kleinerer Bewaffnung zu hören, doch da war nichts. Niemand war gelandet. Also war es ein Ablenkungsmanöver, das hatte er schon die ganze Zeit vermutet. Sie hatten es irgendwo im Norden versucht, hoffte er. Die Frage war nur, würde Forbes jemanden schicken, ihn zu holen? Wenigstens das hätte er verdient, fand Jorge. Er hatte seinen Teil der Übereinkunft erfüllt.

Die Stadiontore standen offen, die Drehkreuze waren verlassen. Altes Kaugummi tupfte den Beton. Unten strahlte das Spielfeld grün, das Gras war mustergültig gemäht, die Wände jenseits des Sandstreifens waren mit Werbung bepflastert. Er mühte sich hinunter zur Grube der Heimmannschaft, stützte einen steifen Arm auf die Sitzreihen, schwang das tote Bein wie eine Krücke. Es dauerte viel zu lange; wenn hier ein Heckenschütze lauerte, war er tot. Sein Stiefel war voller Blut; es schmatzte bei jedem Schritt.

Er kam an die Reling, die die Fans vom Spielfeld trennte, schwang sich hinüber und stürzte dabei erneut schwer; der feine Staub puderte ihm die Wangen, pfefferte ihm das Haar. Er vergewisserte sich, dass er die Pistole noch hatte, zog sich hoch und schleppte sich grunzend über den sauber gemähten Rasen zum Wurfhügel. Mit dem Gesicht zum Außenfeld setzte er sich auf die Gummiabdeckung und legte sein Bein ab.

«Okay», sagte er. «Kommt und holt mich.»

Das Blut pochte noch immer, durchweichte seine Hose, aber er hatte nicht die Kraft, sich eine Aderpresse zu legen. Er kam sich vor wie betrunken, atemlos; sein Kopf saß locker auf dem Hals, die Augen kullerten ihm in jede Richtung, wie am Ende einer wilden Nacht.

Er drückte das Magazin heraus, um zu kontrollieren, ob es voll war. Er brauchte drei Anläufe, um es wieder hineinzudrücken. Seit dem Tod seines Vaters hatte er sich geschworen, niemals Selbstmord zu begehen. Daran hatte sich nichts geändert. Er würde so viele mitnehmen, wie er konnte. Sein Vater hatte diese Chance nicht gehabt, nahm er an.

Er hat *mich* mitgenommen, dachte Jorge.

Der Fernseher lief noch, als die Polizisten ihn hereinführten. Die Rangers schlugen die Angels. Sein Vater lag im Sessel, hing wie schlafend darin, den Revolver einen Meter neben sich. Er hatte auf dem Couchtisch neben all den anderen Papieren eine Nachricht hinterlassen. *Ich liebe Dich,* stand da. Jorge höhnte zuerst verbittert darüber, doch dann verstand er, dass sie nicht für ihn, sondern für seine Mutter bestimmt war. Sein Vater bat um ihre Vergebung, nicht um seine, als brauche er seine nicht. Jetzt fragte sich Jorge, ob das eigentlich etwas änderte. Wahrscheinlich nicht. Nach Catalina hatte er aufgehört, daran zu glauben, dass Vergebung möglich war. Er wollte keine Absolution. Aber stimmte das nach Gloria noch?

Nein, in diesen drei Tagen hatte er sich verändert. Er hatte sein Bestes gegeben, alles, was er hatte – wie ein müder Ersatzmann, der zu seinem Arbeitsplatz auf dem Wurfhügel geht –, und wenn das nicht genug war, so hatte er es zumindest versucht. Darin lag eine gewisse Ehre. Selbst jetzt, da er wusste, dass Forbes nicht kam, war er dankbar für die Chance; sein Schicksal hatte sich erfüllt. Das war eine Erleichterung, eine Wohltat sogar.

Er sah auf die Uhr und dann in den Himmel. Er brauchte Ruhe, Schlaf. Das ist der Schock, dachte er; er verlor zu viel Blut. Die leeren Sitze huldigten ihm, die Pressetribüne sah ihn erwartungsvoll an.

«Der große Ortega», sagte er. Nun wusste er, wie sich sein Großvater an jenem letzten Tag gefühlt hatte – ganz Kuba betrogen, vergessen, verloren.

Er dachte an Catalina, daran, wie ihre letzten Minuten gewesen sein mussten. Es war seine Schuld, auch wenn er nicht hatte wissen können, wie weit sie gehen würden. Wenn er ein Mann gewesen wäre, hätte er sich damals erschossen. Stattdessen hatte er gewartet. Und, hatte ihn das erlöst? Ein Teil von ihm wollte das glauben, aber nein: Er war immer noch der Sohn seines Vaters. Dem konnte man nicht entrinnen; es lag im Blut.

Den ganzen Samstagnachmittag sahen sie fern, beide Spiele, die gezeigt wurden, hintereinander. Wenn sein Vater das Bier ausgetrunken hatte, gab er Jorge die Büchse, und Jorge rannte hinauf und holte ihm eine neue.

«Danke, Kumpel», sagte sein Vater, öffnete die Dose und gab ihm einen bitteren schaumigen Schluck ab.

Ein Flattern drang an seine Ohren, und er sah benommen in die Sonne. Ein Geschwader Werewolves drehte bei und überquerte das Stadion, nach Norden in Richtung Arriaga. Als er eine zweite Staffel vorüberziehen sah, verlor er das Gleichgewicht und fiel rückwärts gegen den Hügel. Er konnte sich nicht mehr aufrichten. Es war also vorbei. Und wenn schon.

Er meinte, Jubel und fernen Applaus zu hören, oder waren das nur die Turbinen, die Wellen am Strand? Zu Hause jubelten einem die Fans auch dann zu, wenn man verlor. Das bedeutete es, ein Fan zu sein, dieser Glaube, dass irgendwann Gerechtigkeit zu erlangen sei, dass die Guten belohnt und die Bösen bestraft würden. Das mochte ein Leben lang dauern – mehrere Generationen sogar –, doch wenn man nur fest genug daran glaubte, würde eines Tages das eigene Team siegreich sein. Es brach einem das Herz, ja, aber man litt, man wartete, man gab nicht auf. Man glaubte.

Viva Cuba, hatte Felipe gesagt. Gut für ihn, den alten *cabrón.*

Jorge versuchte, es zu sagen, aber seine Zunge klebte fest. Es hörte sich wie ein Knurren an.

Er rollte auf die Seite, und seine Waffe geriet unter ihn. Er wollte sie jetzt haben, aber sein Arm reagierte nicht. Er spürte seinen Finger am Abzug nicht. Das war nicht nur der Schock. Nun gut, er hatte damit gerechnet.

Die Sonne brannte auf ihn herab, und er wollte sich übergeben, und dann ging das vorbei, er schluckte schwer, und plötzlich war ihm kalt. Er schloss die Augen und schlug sie wieder auf. Die Hitze warf Wellen über dem Gras im Außenfeld. Der Himmel war eine Wand, nichts als eine makellose Farbe. Ein Wimpel flatterte über der Anzeigetafel, der Wind kam landeinwärts. Die Tafel war eine alte, manuell zu füllen, dunkelgrün, mit einem Kasten für jedes halbe Inning. Die Spalte für die Gastmannschaft war leer. Wie schade, dachte Jorge und starrte auf die leeren Ränge. Selbst sein Vater hätte ihm zugestimmt: Es war der perfekte Tag für ein Match.

MIX
Papier aus verantwortungsvollen Quellen
FSC® C019821
FSC
www.fsc.org

Das für dieses Buch verwendete FSC®-zertifizierte Papier *Lux Cream* liefert Stora Enso, Finnland.